방마다 문이 열리고

방마다 문이 열리고

최시은 소설집

산지니

차례

그곳	7
잔지바르의 아이들	49
누에	79
환불	109
3미 활낙지 3/500	135
요리	169
가까운 곳	203
작가의 말	233

그곳

다다닥다닥다닥! 탕탕탕탕! 쫘악쫘악쫘악!

비슷한 간격으로 반복되는 소리들. 그러다 뭔가가 던져지면서 욕설이 이어졌다.

"야이 이놈아! 입이 있으면 말 좀 해 보라꼬. 그놈의 주둥이를 내가 마, 캭 쪼사 뿔라!"

어렴풋한 의식 속에서도 욕은 내 귀에 생생히 들어와 박힌다. 나는 그게 엄마의 욕설이란 걸 안다. 오늘은 칼질 소리와 함께이다. 내가 또 미치지.

엄마의 칼질 소리가 사나운 걸로 봐 오늘은 여느 날과 달리 열불이 오르는 뭔가가 있는 모양이다. 집은 포탄이 터지고 총알이 날아와 박히는 전쟁터다. 뭘 갖고 저래 또 시끄러운지. 나는 누운 채 중얼거린다. 지끈거리는 머리에서 징소리가 길게 울린다. 긴 징소리에 아픈 머리가 그만 터져 버릴 것 같다.

머리맡을 더듬어 휴대전화를 찾아 든다. 화면을 본다. 오후 1시 23분. 일어나서 아침 겸 점심을 먹고 공부방으로 출근을 해야 한다. 청소를 하고 이것저것 준비를 하다 보면 아이들이 올 것이다. 그러므로 이제 더는 누워 있을 때가 아니다. 그때 탕탕거리는 소리가 더 요란하게 귀를 때린다. 뭔가가 그만 무너져 내릴 것 같다. 엄마는 열불의 절정을 칼에다 배설하는 모양이다. 나는 겨우 몸을 일으켜 방문을 민다. 비릿한 냄새가 나를 덮친다. 생선 비린내. 생선이라면 복어리라. 오늘, 오일장인가? 황씨 아저씨가 나왔던가 보네.

이곳 상설시장 끄트머리 공터에는 못다 접은 미련처럼 아직 오일장이 선다. 오일장이 서는 날이면 엄마는 황씨 아저씨 트럭에서 복어를 사 온다. 저번 장에는 황씨 아저씨가 안 나왔더라며 서운해 하던 엄마였다. 황씨 아저씨는 오직 엄마를 위해서 복어를 싣고 온다고 했다. 이곳에서 복어를 찾는 사람은 엄마뿐이었으니까. 엄마는 오늘 복어 매운탕을 끓일 것이다. 엄마의 복어 매운탕은 일품이다. 젊어서부터 그랬다.

나는 천천히 밖으로 나온다. 잠은 깼지만 의식은 취한 듯 몽롱하다. 밤늦게 먹은 약 때문이다. 가위에 눌렸다 깨어난 사람처럼 나는 좀 멍하다. 약을 먹기 전, 밤늦게 약을 복용치 말라는 처방전을 약 봉투에서 보긴 했다. 잠시, 정말 잠시 망설였다. 그리고는 처방전을 못 본 척, 아무것도 모른 척, 무지

개 빛깔 알약들을 입에 넣고는 꿀컥 물을 삼켰다. 내일이면 몸이 더 아파 일어나지 못할 것 같았기 때문이었다. 죽기야 하겠는가. 체념 같은 속말도 물과 함께 목젖으로 넘겼다. 개인사정 운운하며 하루라도 공부방을 쉬었다가는 금세 아이들이 끊어진다는 걸 알고 있었다. 공부방 아이들은 우리 집 양식과 일차적 함수관계다. 그 엄혹한 관계를 책임져야 할 사람은 나이므로 나는 아파서는 안 될 일이었다. 더구나 토요일인 내일은 그와 함께 한계령을 가기로 돼 있다. 그와 처음 가는 여행이다. 그것도 일박으로 가는 여행이니 아파서야 되겠는가.

그와의 여행은……. 참으로 꿈만 같은 일이다.

그는 며칠 전 일이 마음에 걸렸던 모양이었다. 이번 주말에 겨우 시간이 된다며 여행을 제안했다. 엄마에게는 미리 말을 해 두었다.

"미친년!"

엄마는 대번 그렇게 말했다. 그러면서도 얼굴엔 안심의 빛이 묻어 났다. 나는 엄마 말을 마음에 두지 않았다. 그 안심의 빛 때문이 아니었다. 엄마에게 말을 하면서도 되돌아올 말의 종류를 나는 이미 알고 있었다. 오히려 내 마음에 남아 맴도는 말은 이번 주말에 겨우 시간이 된다는 그의 말이었다. 겨우라니. 나는 불안했다. 겨우 시간이 되는 이번 주말에도 혹 무슨 일이 생기는 건 아닌지. 불안은 한 주 내내 계속되었다. 엄마에게 한계령 여행을 미리 말했던 것도 그 불안의 끄트머리에서였다. 말이 씨가 되길 바랐다고나 할까. 물론, 외박을 해야 함으로 어떤 말이든 엄마에게 해야 했다. 이혼을 하고 돌아온 마흔 먹은 딸이지만 변명일지라도 외박의 사유쯤은 부모에게 알려야 한다고 생각했다. 비록 정신이 온전치 못한 엄마일지라도.

접선이 되다 말다 하는 낡은 전기선처럼 엄마의 대뇌 신경세포들은 엉망이다. 갈수록 그 불량스런 접속은 나의 인내를 요구한다. 인내도 언젠가는 바닥을 드러내고 말 것이다. 두렵다. 그럴지라도 우리는 이제 서로의 법적 보호자다. 아이들과 전 남편의 보호자에서 나는 엄마와 아버지의 보호자가 되었다.

4년 전, 게임 중독에 빠진 전 남편과 법적 관계를 정리하기 위해 얼마나 속을 태웠던가. 그 관계만 정리되면 세상 어떤 어려움도 헤쳐 나갈 수 있을 듯했다. 그러나 세상의 어려움이란 파도와 같은 것. 먼저 밀려 온 파도를 두고 호들갑을 떨 일이 아니었다. 이혼을 하고 몇 년이 지난 후, 나는 엄마나 아버지가 아닌 새로운 남자와 법적관계에 놓이고 싶었다. 내게도 남들 같은 안식이 필요했다. 그건 한여름의 조갈과도 같았다.

그를 처음 봤을 때, 그는 호수였다. 거친 산을 허덕지덕 넘어온 자가 만났을 호수란 어떤 것이었겠는가. 낮은 산등성이들로 부드럽게 둘러싸인 고즈넉한 호수. 무작정 잠겨 들고픈 깊은 정적의 세계. 그 정적의 세계에서 울려 퍼지는 사랑의 밀어들. 내 생애 다시는 오지 않을 것 같은 순간이었다.

그러나 호수의 잔잔한 수면 아래로 무엇이 있는지 알려고 하지 않았던 건 산을 넘느라 너무 지쳐 있었던 탓이었다. 호수에도 복병은 있었다. 그에게 깊게 내려앉을수록 나는 자꾸 불안했다. 얼마가 지났을까. 나는 평화로운 호수의 아득한 아래를 보았다. 깊은 그곳엔 얼기설기 엉킨 것들이 서로의 다리를 칭칭 부여잡고 진흙의 무거운 운명을 벗어나지 못하고 있었다. 그는 속과 달리 표면의 고요가 지나친 사람이었다. 내가 그 사실을 알았을 땐 그가 나의 깊은 오지에까지 침범해 잔뿌리들을 찬찬히 뻗어 두고 있었다. 나보다 9년을 먼저 산 그의 노련한 잔뿌리들은 생각보다 고요하고 질겼다. 그의 잘못이 아니었다. 단단치 못한 내 마음이 문제였다. 어느 순간부터는 그 잔뿌리들이 사라질까 불안하기까지 했으니.

호수의 진실을 알기 전, 나는 그를 향해 조심스레 입을 연 적이 있었다. 3년이나 알았으니 이제 그만 법적관계가 되고 싶다고. 내 상황이, 그게 말이야……. 발뺌도 아닌 애매하고도 고요한 말이었다. 나는 서운했다. 상황이 좋지 않다는데 어쩌겠는가. 시간이 흐른 지금도 상황이 좋아진 건 없다.

겨우 시간이 된다는 그의 말이 애매한 말을 했던 그때처럼, 잊히지 않는 불온처럼, 다시 생각난다. 얼마 만의 기회인데, 아프고 싶지 않다.

나는 씻기 위해 욕실로 향한다. 고개를 돌려 힐끔 주방 쪽을 본다. 개수대에 쏟아 놓은 복어가 여러 마리다. 엄마도 나의 기척을 느꼈는지 휙 뒤돌아본다. 오늘도 화장이 짙다. 지금까지 화장을 하지 않은 엄마를 본 적이 없다. 그것도 매번 짙은 화장이었다. 엄마의 자극적인 입술로 눈이 간다. 붉게 칠한 저 입술에서 주절주절 욕이 세다니. 늙은 여자의 추함이 배가된다.

엄마가 열을 내며 욕을 할 때는 어떤 말도 하지 않는 게 상책이다. 나는 조용히 복어를 장만하며 욕을 해 대는 엄마를 바라본다. 오늘 엄마 손에 들려 있는 무쇠 칼은 독이 잔뜩 올라 있다.

엄마는 먼저 볼록한 복어의 흰 배를 칼끝으로 푹 찔러 공기를 뺀다. 그러고는 시퍼런 칼날로 복어의 흰 배를 쫙 절개한다. 그러고 나면 복어의 따스한 내장들이 드러난다. 내장들을 오롯이 들어내기 위해 칼을 잡지 않은 엄마의 다른 손이 벌어진 복어의 배를 쫙 벌린다. 움켜쥐면 금세 뭉그러질

연하고 따스한 내장들. 엄마는 무쇠 칼로 등뼈까지 긁어낼 듯 그것들을 쏴악쏴악 훑어 낸다. 쏴악쏴악쏴악! 찬 소름이 돋는다. 잠시 후, 부엌 수납장 위로 날아오르는 엄마의 무쇠 칼. 공중의 공기를 일직선으로 가르고 도마 위의 복어를 곧바로 내리친다. 탕탕탕탕! 흰 살들이 무참히 잘린다.

엄마가 복어를 장만할 때는 꼭 저 무쇠 칼을 쓴다. 어린 시절부터 보아 온 저 무쇠 칼을 엄마는 가운데가 닳아 움푹 파인 숫돌에 쓱쓱 갈아 아직도 쓰고 있다. 내가 날렵한 은빛 스테인리스 칼을 사 와 내밀며 무쇠 칼을 버리라고 한 적이 있었다. '니나 써라. 야시 같은 년처럼 가벼워서 썰리는 손맛이 없다'며 엄마는 싫다 했다. 썰리는 손맛이 좋은 무쇠 칼에 숭숭 도막 난 복어들이 오늘 저녁 방아 향과 어우러져 침을 고이게 할 것이다.

엄마가 복어 매운탕을 끓이기 시작한 건 아버지 때문이었다. 결혼 전, 엄마의 국밥집을 드나들었던 아버지가 뱃일을 갔다가 무심히 던져 주었던 복어가 놀라운 맛을 내면서부터였다. 그때부터 엄마의 국밥집에는 복어 매운탕 냄새가 끊이질 않았다. 한 살 위인 엄마를, 더구나 한 번 결혼한 흠집 있는 여자를 총각이었던 아버지가 아내로 맞아 준 것도 아마 복어 매운탕 때문이었으리라. 뱃일을 가지 않고 밤낮으로 술집을 헤매던 아버지는 엄마의 복어 매운탕을 먹기 위해 집으로 돌아오곤 했으니까. 어쩌면 복어 매운탕이 아버지를 집으로 불러들였는지도 모를 일이었다. 그랬으므로 아버지는 뱃일을 나가면 그물에 걸려든 잡어들에서 복어만을 골라냈다. 남들은 께름칙하다고 꺼리는 복어를 불그레한 고무 '바게쓰'에 죄다 담아 왔다. 그때 집에서 풍기는 복어 매운탕 냄새는 뱃일이든 술집이든 집 나간 아버지가 돌아왔다는 신호였으며 집안의 고요와 안녕을 말했다.

그러나 지금은 그렇지 않다. 엄마는 복어를 통해 세월 저 먼 곳의 기억을 반추하며 울분을 토한다. 사실, 엄마는 복어만으로 세월 저 먼 곳의 기억을 쏟아 내는 건 아니다. 옛일과 관련된 어떤 것이든 엄마는 저 먼 기억 속으로 쉽게 빠져든다. 그 기억 속에서 엄마는 독을 키우고 그 독은 아버지와 나를 향해 거침없이 쏟아진다. 주로 독 묻은 욕을 듣는 건 아버지다. 팔십이 코앞인 아버지는 뇌졸중이다. 몸의 반쪽으로는 신경 물질 전달이 온전치 못하다. 그러므로 엄마의 모진 말들은 아버지의 몸 반쪽으로는 전달되지 못한다. 그나마 다행인가? 아직도 엄마의 복어 매운탕을 유달리 좋아하는 아버지. 그러나 이제 복어 매운탕 냄새는 더 이상 집안의 고요나 안녕을 말하지 않는다. 오히려 집안의 고요를 흔드는 화근이다. 나는 그 화근이 무섭고 진절머리가 난다. 맛있다는 걸 알면서도 나는 엄마의 복어 매운탕을 먹지 않는다.

나는 욕실로 들어서서 머리를 감기 시작한다. 엄마의 칼질 소리와 중얼중얼 풀어 놓는 욕들이 샤워기 물소리에 섞여 간간이 들려온다. 아무도 대거리를 하지 않아도 혼자서 저 먼 기억 속을 헤매며 그 누군가에게 욕을 해 댄다. 오늘도 욕들은 모질고 독하다.

엄마가 욕을 하며 잠겨드는 먼 곳의 기억에는 항상 그 여자가 있다. 엄마 손에 머리채를 잡힌 채 흐느끼는, 동물의 울음소리 같기도 한, 억눌린 흐느낌을 안으로 삼키며 끌려가던 그 여자. 저 멀리 두 여자가 엉기어 걸어가는 아스팔트에는 지글지글 열이 올랐다. 그 모습을 바라보던 나는 잔뜩 눈살을 찌푸렸다. 따가운 여름 햇살 때문이 아니었다. 어린 나이임에도 나는 엄마보다도 그 여자 걱정을 먼저 했다. 엄마, 저 여자 어쩌려고……. 귀밑머리가 뽀얗던 그 여자는 가슴이 앙증맞게 볼록했다. 볼록한 가슴 위에 꽂힌 붉은 브로치가 햇살을 받아 어지럽게 반짝였다. 얼마 후, 택시가 섰고 택시는 엄마와 그 여자를 태우고 바삐 사라졌다.

한나절이 다 지난 저녁에야 엄마는 대문을 들어섰다. 어디가 많이 아픈 듯 넋이 나가 있었다. 그 여자처럼 머리도 헝클어진 채였다. 힘없이 쪽마루에 털썩 주저앉던 엄마는 내게 찬물을 한 그릇 떠 오라고 했다. 찬물이 담긴 대접을 양손에 받쳐 들고 걸어가는 내 손은 불안하게 떨렸다. 불안한 내 손에서 대접의 찬물은 잔물결을 냈다. 그 잔물결을 들여다보며 물이 넘칠세라 나는 조심조심 걸었다. 잔물결은 대접이 엄마의 손으로 옮겨지면서 결국 넘치고 말았다. 엄마의 옷자락이 그 물에 젖었다. 옷자락이 젖든 말든 엄마는 찬물을 벌컥벌컥 달게 빨아 넘겼다. 엄마가 찬물을 벌컥대며 마시는 모습을 바라보며 나는 또 그 여자 걱정을 했다. 무사하지 않았을 그 여자, 어디로 갔을까. 물 한 그릇을 다 마신 엄마는 크게 한숨을 내쉬었다. 그리고 그대로 쪽마루에 모로 누웠다. 시체처럼 누운 엄마는 미동도 하지 않았다. 한참을 그렇게 누워 있던 엄마가 갑자기 움찔했다. 그리고 얼마 후, 오른쪽 눈가로 와르르 눈물이 쏟아져 내렸다. 나는 놀랐다. 엄마에게도 눈물이 있었구나. 놀란 나는 얼른 내 방으로 들어가 나오지 않았다.

저녁 어스름이 내릴 무렵이었다. 저녁 어장을 다녀온 아버지가 엄마를 덮쳤다. 아버지는 몹시도 성이 나 있었다. 소 발바닥 같은 아버지의 거친 손이, 장화 신은 아버지의 검은 발이 엄마를 사정없이 뭉갰다. 엄마의 얼굴에 붉고 푸른 멍이 얼룩졌던 그날, 그날이 그 여자의 뱃속에서 생기다 만 아이가 한 줌 핏덩이로 강물에 내려앉던 날이었다. 그보다 앞선 기억은 아버지가 벌리동 시내에 그 여자가 살 만한 방 하나를 얻어 주고 자주 드나들었던 곳이다.

엄마가 수소문 끝에 그 집을 찾아갔을 때 부엌에서 발견된 엄마의 복어 매운탕 냄비. 언젠가 아버지는 엄마가 끓여 놓은 복어 매운탕을 어장을 갈 때면 늘 들고 다니는 그 불그레한 '바게쓰'에 냄비 채 담아 간 적이 있었다. 그 냄비를 그 여자의 집 부엌에서 발견한 엄마는 개가 닭을 훑치듯 부엌을 작살내고 나왔다고 했다. 둘이서 맛나게 먹었을 엄마의 복어 매운탕. 미친놈! 그걸 와 긋년 갖다줘!

그때를 더듬을 때면 엄마는 더 모질게 작살을 내지 못한 게 아직도 서운한지 이를 아드득 갈았다. 그러고도 엄마는 복어 매운탕 끓이는 일을 그만두지 않았다. 엄마의 복어 매운탕은 집 나간 아버지를 돌아오게 하는 명약 같은 것이었으니까. 명약 같은 복어 매운탕을 그 여자에게 먹이고 싶어 냄비 채 들고 나갔던 아버지.

아버지는 여섯 살이었던 남동생이 죽자 아들을 꼭 하나 얻고 싶어 했다. 그때 그 여자에게서 긁어냈던 한 줌 핏덩이가 아들이었는지는 알 수 없었으나 그날 이후부터 엄마를 향한 아버지의 손찌검은 끔찍하게도 계속되었다. 엄마가 아버지의 손찌검의 세월을 견뎌 낸 건 무엇이었을까. 또다시 서방 없는 여자로 남게 될까 두려웠던 것일까. 엄마는 아버지가 그 여자에게서 아들을 얻고 나면 다시 혼자가 될 거라고 생각했을 것이다. 엄마에게 그건 무시무시한 공포였을 것이며 그 공포는 내가 떠다 준 찬물 한 그릇으로는 씻겨 내려갈 성질의 것이 아니었음을 나는 이제 안다. 엄마는 혼자가 되는 두려움을 떨쳐내기 위해 지금까지 복어 매운탕을 끓였는지도 모른다.

내가 욕실에서 막 나와 젖은 머리카락을 수건으로 감싸 올릴 때였다.

“인년의 가시나가 후라이팬을 또 어따 갖다 놨노!”

엄마의 욕이 나를 향하고 있었다. 고래고래 악을 쓴다. 매번 프라이팬을 뜬금없이 세탁기 위 선반에 얹어 두고는 나에게 그 행방을 묻는다.

“뒷 베란다 세탁기 선반에 있는 거 아이가? 엄마가 거다 잘 언즈 놓잖아.”

“인년이 후라이팬을 와 거다 언즈 노코 지랄이고. 미친년!”

엄마는 베란다 문을 힘껏 열어젖힌다. 문이 걸림쇠를 넘어 반대편 모서리에 가 모질게 부딪히며 멎는다. 노인네가 어디서 저런 힘이 나는지. 문이 열리기 무섭게 맨발로 성큼성큼 베란다로 나가는 엄마. 프라이팬을 집어 들고 오는 기세가 사납다. 그 기세로 프라이팬을 잘못 얹어 놓았다는 죄명을 씌워 나를 향해 휘두를 것만 같다. 복어들은 어느새 다 손질을 했는지 보이지 않는다. 가시지 않은 비린내만 집 안에 가득하다. 빈속이 울렁댄다. 울컥 뭔가가 올라올 것 같다. 엄마는 프라이팬을 가스 불에 얹고는 계란을 깬다. 나를 위해 계란 프라이를 하려는 것이리라.

“나 밥 안 먹을 낀데?”

오늘은 공부방 가는 길에 뭘 하나 사 먹고 말자고 생각했던 터라 엄마의 밥 준비가 달갑지 않다.

“처먹어야 힘내서 쪼무래기들을 갈키지.”

엄마는 기어코 좁은 주방에 상을 펴고 냉장고 문을 연다. 플라스틱 반찬통들을 하나씩 꺼내고 계란 프라이를 접시에 담아 내려놓는다. 이럴 땐 먹기 싫어도 얼른 몇 숟갈 떠야 한다. 그렇지 않으면 엄마 입에서 험한 소리들이 줄줄 샌다. 로션을 바르고 젖은 머리카락을 수건으로 싸 올린 채 숟가락을 든다. 엄마도 내가 앉은 맞은편에 털썩 주저앉는다. 그 바람에 엄마의 싸구려 화장품 냄새가 역겹게 코를 자극한다.

“황가 그놈이 이제 복어 안 가져올라 카더라. 문디 같은 놈. 선착장에 써거 문드러지는 기 복언데. 누가 그런 거 돈 주고 사까 봐. 내이끼네 사 주지. 써글 놈.”

나는 잘된 일이라고 생각한다. 정신이 오락가락하는 엄마에게 복어 매운탕은 이제 위험한 일이다. 아니래도 내가 황씨 아저씨를 만나 엄마 사정을 얘기하고 복어를 그만 가져오라고 할 참이었다.

대충 몇 숟갈 뜨고 일어선다. 차려 놓은 밥도 제대로 먹지 않는다고 엄마는 주절댔지만 그럴수록 나의 식욕은 오그라든다. 계란 프라이도 그대로 남겼다. 엄마는 연신 뭐라 중얼거리며 남은 계란 프라이를 손으로 집어 올려 입으로 가져간다. 덜 익은 노른자 일부가 엄마의 입으로 미처 들어가지 못하고 농익은 고름처럼 뚝뚝 떨어진다. 일부는 엄마의 천박한 붉은 입술에 얼룩처럼 묻는다. 쩝쩝쩝쩝! 엄마는 소리 내어 계란 프라이를 씹어 댄다. 소가 여물을 씹는 소리가 저럴까. 부끄러움이나 자기 통제를 잃어버린 늙은 인간은 동물에 가깝다. 엄마는 노른자가 묻은 붉은 입술을 손바닥으로 쓱 뭉개듯 닦아 낸다. 늙은 동물의 쭈글쭈글한 손바닥에는 붉은색과 노란색이 지저분한 혼합 물감처럼 섞인다. 지저분한 혼합 물감이 묻은 손으로 엄마는 상을 치우기 시작한다. 어서 공부방으로 내려가야지. 나는 될 수 있는 한 집에 오래 머물지 않으려 한다. 공부방 수업이 끝나도 엄마가 잠들었다 싶을 때 집으로 돌아온다. 그러나 허사일 때가 많다. 조심해서 현관문을 여는데도 엄마는 귀신같이 그 소리를 알아듣는다. 자다 깬 얼굴로 방문을 밀고 나온다. 추분데 와 이제 오노. 아주 가끔, 근심 어린 눈빛을 가진 어미의 모습으로 나를 맞기도 한다.

엄마는 자신의 아들들에게도 근심 어린 눈빛을 가진 어미고자 했을까. 엄마에게는 전 남편에게서 얻은 아들이 둘 있었다. 전 남편이 바다에서 풍랑을 만나 죽고 나자 엄마는 어린 두 아들을 고아원에 맡겼다. 먹고살 일도 막막했지만 그때 엄마는 갑상선 암으로 수술이 급한 상황이었다. 고아원에 맡겨진 두 아들 중 큰아들은 어려서 뇌종양으로 죽었다. 그리고 남은 작은아들은 지금까지도 엄마를 찾아오지 않는다. 서울 어디에선가 애 딸린 뚱뚱한 과부와 살고 있다는 소식만 안다.

내게도 오빠가 있다니, 어떻게 생겼을까. 나는 그 오빠가 보고 싶었다. 한 번만이라도 만날 수 있다면, 사춘기 무렵, 오빠에 대한 생각은 더욱 절실했다. 엄마는 그 오빠를 아버지의 호적에 올리고 싶어 했다. 아버지는 단호히 거절했다. 때로는 아버지의 그 단호한 거절의 말들을 떠올리며 엄마는 핏발 선 욕을 퍼붓기도 한다. 간혹 아버지가 복장 터지는 소리 그만 지껄이라는 투로 입에 갇힌 말들을 웅웅거릴 때가 있다. 그럴 때면 엄마는 손에 잡히는 무엇이든 아버지를 향해 던진다. 오늘처럼 칼을 쥐고 부엌에서 뭔가를 장만하다가도 아버지가 대거리를 해 오면 칼을 손에 쥔 채로 삿대질을 한다.

의사는 초기 치매라 했다. 악화되기 전에 전문적이고 집중적인 치료를 권했다. 나는 의료기관을 알아봤다. 꼭 엄마를 위해서가 아니었다. 기초생활수급자들을 위한 의료시설은 무료로 제공되고 있었다.

"치매라카더라. 병원에 가야……."

내 말이 채 끝나기도 전에 엄마는 펄쩍 뛰며 목을 놓았다.

"인년이 지 팔자 고칠라꼬 사람 잡네! 멀쩡한 지 에미 노망 들었다고 병원에 처막고 지는 시집갈라꼬? 이 화냥년이!"

병원 얘기는 두 번 다시 꺼낼 수 없었다. 아버지가 갑자기 쓰러졌을 때 그가 와서 아버지를 들쳐 업고 그의 차에 실어 병원으로 모셔갈 때는 고맙다고, 입에 침이 마르던 엄마였다. '사람 좋아 보이더만. 그 사람이 니 좋다고 할 때, 마 다 이저뿌고 시집가라. 애들이야 지 할매도 지 애비도 있고. 우리사 우째 안 살아지겠나. 근데, 이래 병든 늙은이들 골치 아프다꼬 장가 올라카더나?'

그날 밤, 엄마는 아버지가 입원한 병실에서 그렇게 말했다. 오랜만에 보는 진중한 어미의 모습이었다. 엄마는 놀랍게도 그에게만은 서슬 퍼런 모습을 보이지 않았다. 외려 그가 오면 먹을거리들을 잔뜩 내오기도 했다. 특히 그가 엄마의 복어 매운탕을 맛있게 먹을 때는 엄마의 얼굴에 불그레한 기운이 서렸다.

나는 내 방으로 들어와 드라이기를 찾아 든다. 대충 머리를 말린 후 화장 도구들을 챙겨 가방에 넣고 서둘러 집을 나선다. 오늘도 화장은 내 일터에 가서 천천히 해야겠다.

현관을 나서려는데 엄마가 베란다로 나가는 게 보인다. 역시 손에는 프라이팬이 들려 있다.

승강기에서 내린다. 바람이 승강기 앞 복도까지 사납게 진입한다. 밖은 공습경보를 알리는 사이렌처럼 바람이 운다. 경비실을 지나 계단으로 내려서려는데 경비실 아저씨가 나를 불러 세운다.

"어, 잘 만났네. 302호? 거 낼 의사들이 이제 우리 아파트로 온다카네. 동사무소에서 연락이 왔던데, 엄마랑 아버지는 꼭 검진 받아야 된다 카더라꼬. 집으로도 연락이 갔을 끼구만. 근데, 이번 참에는 도이 마이 드는 검사도 있고 해서 이거 써 오라고 갖다주던데. 이거 써가지고 내일 10시까지 경비실 앞에 나오라 카소. 저녁 7시 이후는 아무것도 먹지 말라 카고."

아저씨는 복어 뱃가죽 같은 흰 종이 한 장을 내민다. 나는 고맙다는 인사말을 건네고 용지를 받아 든다. 사단법인인 모 의료기관에서 70세 이상 노인에게 무료 건강 검진을 실시하는데 미리 체크해야 할 사항들과 보호자 동의가 필요하단다. 나는 흰 종이를 반으로 접어 가방에 쑤셔 넣는다.

아파트를 벗어나 큰길을 따라 걷는다. 춥다. 경칩이 한참이나 지났음에도 중부지방에는 많은 눈이 내리고 연일 한파가 기승을 부린다. 머리카락의 물기가 완전히 마르지 않았던

가 보다. 칼바람에 머리가 얼어 버릴 것 같다. 손가락으로 긴 머리칼을 빗어 내린다. 손가락이 아스스하다. 오후임에도 햇빛은 수명이 다 된 전구마냥 맥을 못 춘다. 세상은 온통 푸르죽죽 멍이 든 모습이다. 멍 자위가 짙은 저 아래 시장을 지나 육교를 건너면 금호 아파트가 보인다. 그 아파트 상가에 내 일터인 공부방이 있다.

가뭄에 올라오는 콩잎처럼 몇 되지 않는 아이들. 그게 내 수입의 전부다. 그나마 우리를 지탱케 하는 무게 중심이다. 조금 더 있기는 하다. 이 사회가 매달 기초생활수급자들에게 던져 주는 사십만 원의 생활비. 가벼운 삶을 사는 자들에게 생의 굳건한 무게 중심을 갖도록 베푸는 삶의 독려 금액. 엄마는 그 돈이 나오는 날이면 누워 보내는 시간이 많은 아버지를 부득부득 일으켜 세워 조심조심 시장으로 내려간다. 아버지의 온전치 못한 걸음을 독려해 가며 형제 국밥집으로 들어가 국밥을 사 먹는다. 국밥을 든든히 먹어야만 삶의 무게 중심이 굳건히 잡히는지, 그건 알 수 없다.

몸을 웅크린 채 육교를 막 오르려는데 가방에 든 휴대전화가 울린다. 나는 가방을 멘 채로 안을 더듬어 휴대전화를 찾는다. 그러나 벨소리만 자지러질 뿐 손끝으로 휴대전화는 쉽게 잡히질 않는다. 안 되겠다 싶어 나는 어깨에 멘 가방을 얼른 내리고 입구를 연다. 휴대전화를 찾아 든다. 액정 화면을 본다. 그다.

"여보세요?"

자동차 소음 탓에 나도 모르게 목소리가 커진다.

"어덴데 그래 목소리가 크노?"

마른 나무토막 같은 그의 목소리. 그의 고요는 변함이 없다.

"출근하는 길. 무슨 일인데?"

나는 한껏 목소리를 낮추고 혀를 부드럽게 굴려 대답한다.

"우짜노. 일요일에 일이 쪼매 있을 것 같네. 한계령 가서 일박하지 말고 내일 아침 일찍 올라갔다가 저녁 늦게 내려오면 안 되겠나? 그래서 말인데 오늘 밤에 내가 집으로 가께. 거서 자고 일찌감치 출발해서 저녁쯤에나 내려오자. 안 갈 수는 없는 일 아이가?"

내 입에서 다음에 가자는 말이 나오길 바라는 말투다. 겨우 시간이 날 것 같다던 그의 말에 불안해하던 내가 떠오른다. 놀라운 적중률이다. 그와 오래 산 부부처럼 그를 향한 나의 짐작들은 이제 대체로 맞아 간다. 서로 익숙해진다는 것에는 이런 종류의 놀라운 적중률도 포함되리라.

"할 수 없지. 그라믄 일찍 출발해 보지 뭐. 알겠다. 나중에 집으로 온나."

좀 전과 달리 내 말은 시큰둥하니 닫혀 버린다.

한계령을 당일로 갔다가 오기에는 바쁠 것이다. 그러나 어쩌겠는가. 그렇게밖에 시간이 나지 않는다는데. 그렇게라도 이번 겨울에는 한계령엘 가고 싶다. 눈이 오지 않는 이곳 겨울은 인정머리 없이 춥기만 하다. 가끔 눈이라도 내렸으면 좋으련만.

꼭 눈이 보고 싶었던 건 아니었다. 시인이 꿈이었던 남자친구와 겨울 한계령을 간 적이 있었다. 대학 4학년 겨울이었다. 가난한 남자친구는 앞으로도 가난한 시인으로 살아갈 자신의 운명에 나를 끌어들이지 않으려 했다. 그럴수록 나는 그 운명에 끼어들고 싶었다. 그랬으므로 한계령 여행은 나의 계산된 생각에서 비롯되었다. 먼저 말을 꺼낸 건 나였다. 남자친구는 며칠을 망설이며 대답을 미루었다. 그러던 어느 날, 괜찮겠냐며 물음으로 긍정의 대답을 했다.

그 겨울, 눈 덮인 한계령은 놀라웠다. 모든 사물의 경계를 지워버린 흰빛들의 침묵. 그곳에는 경이로운 하얀 침묵의 시간만이 흐르고 있었다. 흰빛 외에는 아무것도 없었다. 아니, 커다란 흰 침묵의 세계에 그 어떤 것도 자신을 드러내지 않았다. 더하여 흰빛 아래의 것에 대해 누구도 묻으려 하지 않았다. 나는 그 경이로운 침묵의 세계에 압도되었다. 그 압도는 나를 한없이 따스하고 편안하게 만들었다. 마치 어떤 선을 넘어 다른 세계에 이른 것만 같았다. 그곳에서 외형제인 오빠는 외(外)라는 경계를 지우고 그냥 오빠였으며 여섯 살에 창백한 얼굴로 세상을 뜬 어린 남동생은 그 여자의 몸에서 생기다 만 붉은 핏덩이였다. 그 붉은 핏덩이 강물에 내려앉아 얼마나 오래도록 물살에 몸 씻기는 세월을 보냈을까. 그 세월을 다 지나 이렇게 흰 눈으로 내려 너와 나를 지우는 것이리라. 그리하여 그 여자가 곧 엄마가 되었고 엄마가 곧 그 여자가 되었다. 바다에 나갔다가 풍랑을 만나 죽은 엄마의 전 남편이 아버지가 되었고 아버지는 엄마를 찾아온 오빠를 환한 얼굴로 맞아들였다. 그 곁에서 엄마는 회한의 눈물을 흘리며 오빠의 흰 어깨를 토닥이고 있었다. 그곳, 한계령에서는 그것들이 가능했다. 가능한 그 모든 것들을 두고 저 아래 세상으로 내려가고 싶지 않았다. 눈 속에 묻혀 얼어 버린다 해도 눈부시고 맺힌 데 없는 그 망라의 세계에 있고 싶었다. 드넓은 흰 망라의 세계에서 우리도 그날 밤 처음으로 하얗게 하나가 되었다. 하나가 되는 데는 그 어떤 이유도 필요치 않았다. 그러나 다음 날 우리는 그곳을 내려와야 했고 나는 남자친구의 운명에 끼어들지 못했다.

그 한계령에 다시 가고 싶다. 가서 모든 경계를 지운 흰 침묵의 세계에 묻혀 보리라. 엄마가 그 옛날 마셨던 한 그릇의 찬물처럼 한계령에 내린 찬 눈을 입안 가득 삼켜 보리라. 벌써 가슴이 설렌다.

설레는 마음으로 상가 입구로 들어선다. 아파트가 지어진

지 오래되어 상가 역시 낡고 지저분하다. 세탁소를 지나 2층 계단을 오른다. 오늘은 교재 주문을 해야 하는 날. 그래야 월요일 오전에 교재가 도착한다. 아이들이 오기 전에 주문을 해야겠다.

열쇠를 비틀어 공부방 문을 연다. 늘 그렇듯 고인 공기에서 곰팡이 냄새가 밀려 나온다. 가방을 내려놓고 창문들을 조금씩 연다. 춥지만 할 수 없다. 그리고 가방에서 화장품이 든 파우치를 꺼내 화장을 한다. 나의 화장은 언제나 옅다. 신부화장도 그랬다. 엄마의 짙은 화장에 질린 탓이다.

대충 화장을 끝내고 휴대전화를 꺼낸다.

"여보세요. 해법 수학입니다."

깐깐한 최 실장이다.

"금호지구입니다. 교재 주문하려고요."

"금호지구? …… 어, 며칠 전 김수현 씨가 금호지구 폐점할 거라고 전화로 말하지 않았나? 저번 주 월요일에 그랬잖아요? 그래서 교재 안 들어가는데? 전화하신 분 김수현 씨 아닌가요? 보자, 폐점한다고, …… 그래 여기 접수돼 있네. 거기 접고 장유 지역에 새로 가맹점 낼 거라고 했잖아요?"

나는 후딱 전화를 끊는다. 엄마 손에 들여 있던 프라이팬이 내 머리를 후려친 것 같다. 가슴이 뛰고 눈에 뭔가가 들어온 듯 따끔거린다. 뭐, 김수현이 폐점 신고를 했다고? 내 밥

줄을 지가 쥐고 있다고 이래도 되는 건가. 나는 얼른 휴대전화를 연다. 전화번호 목록에서 김수현을 찾는다. 통화 버튼을 다급히 누른다. 신호는 가는데 전화를 받지 않는다. 지금은 전화를 받을 수 없으니……. 나는 다시 통화 버튼을 누른다. 내 번호를 알아보고 일부러 안 받는 것이리라. 나는 1층 세탁소로 달려 내려간다. 세탁소 정 사장에게 전화 좀 쓰겠노라 말만 던지고 다짜고짜 유선 전화기를 집어 든다. 11개의 버튼을 누르자마자 긴 신호음이 들려온다. 신호음은 저먼 곳을 깊숙이 파고든다. 나는 신호음이 끝날 때까지 수화기를 내려놓지 않는다. 끝내 신호음은 안내 멘트에 가 닿는다. 나는 다시 버튼을 누른다. 마찬가지다. 할 수 없다. 나는 아무 말 없이 세탁소를 나와 2층 공부방으로 올라온다.

김수현의 명의로, 있는 아이들과 권리금, 시설비를 합쳐 오백만 원을 주고 시작한 공부방이었다. 시설이라고 해봐야 책상과 의자 몇 개가 전부였다. 내게 중요했던 것은 김수현의 명의였다. 김수현은 내가 왜 자기 명의를 빌려 공부방을 하는지, 잘 안다.

혼자 힘으로 아버지의 병원비며 생활비를 감당하기가 버거웠다. 나 또한 악성 빈혈이 있어 힘든 일을 할 수 없었다. 기초생활수급자 신청을 했다. 궁여지책이었다. 기초생활수급자가 되기 위한 과정은 까다로웠다. 아버지의 병세를 증명

해야 할 서류가 필요했고 재산 내역과 총수입을 증명해야 했다. 아버지가 다녔던 병원에 갔다. 의사에게 돈을 건네며 최악의 진단서를 부탁했다. 주민센터 김 주사가 수차례 집으로 찾아와 여러 정황들을 살폈다.

"이혼할 때 위자료나 분할 받은 재산은 없었습니까?"

"이혼 안 해 줘서 소송 낸다고 빚만 졌는데요?"

김 주사는 입을 다물었다. 한 달이 조금 지난 뒤 김 주사가 주민센터로 나오라고 했다. 김 주사는 기초생활수급자 인정 도장을 찍으며 내게 이렇게 말했다.

"아픈 부모 모시려면 마이 힘들겠네예. 어쨌든 힘내시고……."

그래도 돈은 벌어야 했다. 월 사십만 원으로는 어림도 없었다. 그러나 기초생활수급자로서 그 혜택을 받으려면 수입이 일정 금액을 넘어서서는 안 되었다. 나는 기초생활수급자가 되기 위해 내가 들인 노력을 수포로 만들고 싶지 않았다. 수입 내역이 드러나지 않는 과외를 물색하고 다녔다. 생각처럼 쉽지 않았다. 그때 공부방을 하고 있던 친구 정은이 내게 김수현을 소개했다.

"절때 애 둘 키우려면 옴짝달싹할 수 없어요. 이제 일도 하기 싫고, 아프기도 하고, 그이도 집에 들어앉으라고 하고. 절때 이제 일 안 할 거니까 안심하고 일하세요."

속사포처럼 이어지던 김수현의 차진 말들. 절대, 절대, 절대. 절대라는 말을 잘 쓰는 인간일수록 절대 믿어서는 안 될 일이었다. 돈 오백에 인간이 이리도 더러워지는지. 오백만 원을 뽑아내려면 아직 감감한데 폐점은 있을 수 없는 일이다. 정은한테 전화를 한다. 전화가 연결되자마자 내 말은 두서없이 튄다. 정은은 내 말을 얼른 알아듣질 못한다. 나는 잠시 호흡을 가다듬고 좀 전 말들을 천천히 늘어놓는다. 말의 중간쯤에 정은은 일의 내용을 알아듣는다. 내 말을 자르며 놀란 목소리를 질러 넣는다. 제가 지금 연락을 해 보겠노라며 급히 전화를 끊는다. 얼마 후, 정은에게서 전화가 온다.

"전화 안 받는데. 니 전화 말고 다른 전화로 함 해 봤나? 그 사람 그럴 사람 아인데."

그럴 사람이 아니길 바라는 건 나도 마찬가지다.

"김수현 집은 어딘데?"

"맞다. 그 사람 장유로 이사했다꼬 누가 그러던데. 장유 어딘지는……."

나는 정은에게 집 주소를 알아봐 달라는 말을 끝으로 전화를 끊는다. 곧바로 김수현에게 다급한 내용의 문자 메시지를 남긴다. 폐점 신고 어떻게 된 일입니까? 급히 연락 주세욧!!!

문자를 보내고 나니 더욱 조갑증이 인다. 아이들이 올 시간이 얼마 남지 않았는데 마음은 좀체 진정되지 않는다. 수업은 둘 뿐인 초등학교 2학년을 시작으로 띄엄띄엄 이어진다. 밤 10시쯤 되어서야 중학교 2학년 수업을 끝으로 공부방에서의 하루 일과는 마무리된다. 오늘은 수업할 기분이 아니다. 휴대전화를 손에 쥔 채 공부방을 오가며 종종댄다. 얼마 후, 은빈이와 준희가 명랑하게 인사를 하며 공부방으로 들어선다.

아이들은 교재를 꺼내 책상에 소리 나게 펼치고는 가방을 뒷자리 책상에 던진다. 둘이 앉은 자리로 내가 의자를 들고 다가앉는다. 심란한 마음에 휴대전화를 아이들 책상 위에 얹어 둔다. 숙제를 확인하고. 오늘은 두 자리 곱셈식을 할 차례다. 그러나 도무지 힘이 나질 않는다. 입을 떼기조차 싫다. 그래도 어쩌겠는가. 마음을 다독이며 겨우겨우 설명을 한다. 그때 책상에 놓인 휴대전화에 진동음이 울린다. 얼른 화면을 본다. 집이다. 전화를 받지 않고 얼른 주머니에 넣어 버린다. 애들이 휴대전화가 든 주머니에 시선을 붙박고는 눈을 떼지 않는다. 오래도록 울어대는 진동음. 어쩔 수 없이 휴대전화를 꺼내 든다.

"인년이 후라이팬을 쓰고 어따 갖다 놨노? 그래가 뭣놈의 애들을 갈킨다꼬!"

다짜고짜 날아드는 천둥 같은 엄마의 목소리. 전화를 받은 내가 잘못이다.

"베란다 세탁기 위 선반에 있잖아."

나는 한껏 솟는 성질을 죽이고 목소리를 낮춘다.

"미친년! 그거를 와 그다 갖다 노꼬 지랄이고!"

나는 후딱 전화를 끊는다.

수업이 모두 끝날 때까지 김수현에게는 아무 연락도 없었다. 틈틈이 내가 연락을 해 본 것도 수십 차례다. 그에게 전화를 해 김수현 전화번호를 가르쳐 주며 전화를 해 보라고도 했다. 그 역시 전화가 안 된다고 했다.

김수현의 공부방을 인수하기 전, 그의 명의를 빌려 가맹점을 내 볼까 했다. 안타깝게도 그는 신용불량자였다. 중소기업을 운영하다가 부도를 만났고 이혼도 했다. 이혼한 것은 익히 알고 있던 사실이었다. 그러나 신용불량자라는 것은 그때 알았다. 세상을 약게 살지 못하는 것도 병이 아닐까. 나는 처음으로 그런 생각을 했다. 이혼한 사실만 알고 있는 엄마에게 새롭게 알게 된 사실에 대해서는 함구했다. 사람 좋아 보이던데……. 엄마의 그 말 한마디 때문이었다. 내가 늙고 병든 부모를 가진 게 약점이라면 그의 약점은 신용불량자라는 것이었다. 그러므로 상황이 변하지 않는 한 우리는 동등했다. 그 동등함이 사랑보다 더 단단하게 우리를 묶을 것이다. 서로 그런 조건으로는 어느 누구에게도 갈 수 없으니.

이혼을 하자마자 그의 전 부인은 연하이자 그의 후배인 미

혼남과 재혼을 했다고 했다. 나중에 알았지만 결혼 12년 동안 챙긴 돈만 몇억이었다고도 했다. 어린 자식들도 데려가지 않았다. 완벽한 배신이었다.

그런데 최근에 전 부인이 다시 이혼을 하고 그가 사는 집 근처로 이사를 했다. 그 소식은 그의 친구를 통해서 들었다. 그의 친구는 그녀가 몇 달 전 부친이 죽고 나서 상당한 유산을 상속받았다는 얘기도 했다. 묻어 두었던 선산이 덜컥 황금알을 낳은 것이라며 그의 친구는 아주 부러워했다. 나는 그가 그 사실을 먼저 말하기 전에는 모른 척하리라 생각했다.

그런데 어느 날이었다. 그녀가 내게로 전화를 했다. 어떻게 내 전화번호를 알았는지 알 수 없었다. 헤어져 달라고, 아이들을 생각해서 그이와 다시 합쳐야겠다고 했다. 당신도 애가 있으니 내 마음을 알 것이다, 그이는 내가 사는 집으로 딸을 데리고 자주 찾아온다, 오면 꼭 자고 간다, 부부로 살았던 인연과 몇 년 사귄 인연과 같을 수 있다고 생각하느냐, 그 사람 빚이 얼마나 되는지 알고나 설치느냐, 등등. 그녀는 나를 물리쳐야 할 적으로 생각하는 듯 시종 전투적인 목소리였다. 나는 아무 말 없이 전화를 끊었다. 며칠 후 나는 그에게 전 부인의 말을 그대로 전하며 진심을 알고 싶다고 진중히 말했다.

"내가 참 빚에 시달린다마는 그런 일은 절때 없다. 저얼때로."

그는 나를 안으며 절대 절대, 를 말했다.

그때 일이 마음에 부대꼈는지 그는 생각지도 않은 여행을 가자고 했다. 그것이 내일이다. 내일은 그와 함께 한계령을 간다. 꿈만 같은 일이 내게도 있을 모양인데 심통 난 계모처럼 김수현이 이렇게 브레이크를 건다. 복어 때문이었는지 엄마도 수업 중에 또 전화를 해 악악대며 내 심장을 긁었다.

"뭐, 내일 그놈하고 오데로 여행을 간다꼬? 마 살림 차려 살아라! 우리는 마 죽을란다! 우리가 살아 이쓰몬 골치 아프다꼬 그놈이 장가올라 하겄나? 안 그렇나, 그쟈?"

나는 아무 대답도 하지 않았다. 그럴 시간도 없었다. 자신의 말만 고함치듯 내뱉고는 후다닥 전화를 끊어 버렸으니. 오늘은 복어가 나까지 열불을 오르게 한다고, 내가 복어 매운탕에 숟가락이라도 담근다면 사람이 아니다, 라고 나는 끓어오르는 속말을 어금니에서 잘금잘금 으깼다. 오늘은 내가 집에 들어갈 때까지 몇 차례 전화가 더 오리라. 엄마는 끝내 삭지 않는 화를 이렇게 다스리곤 했으니까.

수업은 모두 끝이 났으나 나는 귀가를 서두르지 않는다. 우두커니 앉아 답 없이 흩어지는 생각에 나 역시 부유한다. 폐점이라. 막막하다. 어떻게 해야 하나. 무겁게 입을 닫아 버린 노승처럼 김수현은 어떠한 연락도 없다. 엄마에게서도 그 후 더는 전화가 없었다. 이상한 일이다. 너무 열불을 내다가 전처럼 부엌 바닥에 누워 잠이 들었나? 휴대전화를 다시 연다. 통화 버튼에서 김수현을 맥없이 누른다. 고객님의 전화기가 꺼져 있으니……. 이젠 아예 전원을 꺼 버렸다.

"나쁜년!"

다시 감정이 바글바글 끓어오른다. 출구를 찾지 못한 감정이 가슴 속에서 소용돌이친다. 얼마 후, 소용돌이를 잠재우듯 전화기가 운다.

"어데고? 집에 안 갔으면 내가 데리러 가고."

여전히 굴곡 없는 목소리. 건조하기까지 하다.

"여기, 공부방."

나 역시 건조하게 대답한다.

그의 차에 실려 집으로 오는 내내 나는 휴대전화를 손에서 놓지 못한다. 현관문을 열자 복어 매운탕 냄새가 진동을 한다. 집은 무덤 속 같다. 모두 자는 모양이다. 나는 발소리를 죽이며 그와 함께 내 방으로 들어온다. 대충이라도 씻어야 하는데 엄마가 깰까, 그냥 자기로 한다. 엄마가 깨면 일은 더 복잡해진다는 걸 그도 안다. 그는 씻을 수 없는 것에 대해 안타까워하며 어정 서 있다. 나는 새벽에 일어나 목욕탕에 가서 샤워를 하고 출발하는 게 좋겠다고 말한다. 그가 고개를 주억거린다.

편의점에 들러 사 온 족발과 소주를 펼치고 앉는다. 그가 소주병의 뚜껑을 따고 두 개의 종이컵에 소주를 따른다. 그와 잔을 부딪치고는 소주를 마신다. 독한 소주는 달게 넘어가 속을 훑는다. 빈속이 싸해지더니 얼얼한 취기가 올라온다. 그런데 이상하다. 엄마가 일어나서 내 방문을 열지 않는다. 여느 때 같으면 내 방으로 따라 들어와 자다 일어난 얼굴로 뭐라고 중얼거렸을 텐데. 하루 종일 스스로의 화에 지쳐 깊은 잠에 빠져든 모양이다. 그가 나무젓가락으로 족발을 한 점 집어 내민다. 어쩐지 오늘은 내키지 않는다. 이유 없이 그에게 화가 난다. 아니, 누구에게랄 것도 없이 화가 치밀고 억울하다. 나는 내 잔에 소주를 채운다. 그것을 망설임 없이 한 번에 털어 넣는다. 그러고는 스스로에게 위로의 속말을 한다. 내일은 한계령 가는 날. 한계령 가는 날. 기분이 한결 누그러진다. 나는 그의 잔에 소주를 따르며 그의 얼굴을 바라본다. 취기 탓일까. 오늘따라 그는 더 늙어 보인다. 신용불량자인 그가 더 늙어 보이는 것도 오늘은 불쾌하다. 게임 중독자와 법적인 관계를 정리하고 신용불량자와 법적인 관계가 되지 못해 안달을 해 대던 나도 오늘은 심히 못마땅하다. 단추는 어디에서부터 잘못 끼워진 것일까. 잘못 끼워진 단추의 파장은 도대체 어디까지란 말인가. 어쩌면 옷은 애초 단추가 잘못 달린 불량품이었는지도 모른다. 그렇다면 나는 매번 불량품에 매달려 단추를 채우려 버둥거렸던 것이리라. 나는 비워진 내 술잔에 얼른 또 소주를 따른다. 그리고 한입에 마셔 버린다. 놀란 그가 왜 그러냐며 바투 다가와 앉는다. 거푸 술잔을 비우는 내가 불안해 보였는지 그는 소주병을 옷장 옆 골진 곳으로 치워 버린다.

"이래 마시다가는 내일 새벽에 못 일어난대이. 김수현이한테서 연락이 오것지. 그 여자도 뭔 사연이 안 있것나. 폐점할라카믄 오백 내놓고 하라 카지 뭐."

그의 말이 위로가 되지 못한다. 오히려 내 삶의 연결망들도 엄마의 손상된 뇌세포들을 닮았다는 생각이 든다. 옆에 앉은 그의 삶 또한 나와 다를 게 또 뭐겠는가. 손상된 뇌세포들은 복구가 불가능하다고 의사는 말했었지. 나락 같은 절망감이 나를 사로잡는다. 바람 새는 풍선마냥 온몸에 힘이 빠진다. 나는 옷을 입은 채로 슬며시 몸을 기울여 눕는다. 그 옛날 쪽마루에 모로 누웠던 엄마가 어쩌면 나인 것만 같다. 그래서였을까. 그 옛날의 엄마처럼 나도 눈물이 난다. 두 딸의 꽃잎 같은 얼굴이 눈물에 어룽댄다. 전 남편이 끝내 놔 주지 않아 두고 올 수밖에 없었던 천사 같은 나의 딸들. 게임 중독에 빠진 아빠 밑에서 여린 너희들이 끼워야 할 삶의 첫 단추는 얼마나 힘겨운 것이겠는가. 게임 중독에 빠진 아빠도 떠나 버린 엄마도 너희들에겐 단추의 위치가 잘못된 불량품이리라. 모래밭에 부려 놓은 씨앗들처럼 나는 내 딸들이 불안하고 안쓰러우며 못내 미안하다. 그 생각들에 싸여 오래도록 나는 꿈쩍을 않는다. 그런 내가 잠이 든 줄 알았던지 그는 베개를 꺼내 내 머리 밑으로 집어넣는다.

그대로 잠이 든 것 같았다. 내가 심한 갈증을 느껴 눈을 떴을 때 내 몸에는 이불이 덮여져 있었다. 그도 내 옆에서 옷을 입은 채로 코를 골고 있다. 일이 고된 모양이다. 그는 건물 철거 대행업체를 운영하는 친구 회사에서 일을 한다. 영업이든 현장의 일이든 대중이 없다고 했다. 이번 건물은 덩치가 커서 일이 끝나면 제법 돈이 떨어진다고 했다. 경기 침체 때는 고철 값이 장난이 아니라고도 했다. 고철 같은 그의 인생도 장난 아니게 값이 좋아 하루 빨리 신용불량자라는 붉은 딱지를 뗐으면 좋겠다.

소리 죽여 방문을 열고 부엌으로 나온다. 조용히 냉장고 문을 열어 물병을 찾아 들고 다시 내 방으로 온다. 엄마가 깰까 물컵은 찾을 생각도 않는다. 내 방으로 와 선 채로 물병을 들고 물을 마신다. 찬물이 온몸으로 전류 같은 한기를 전한다. 나는 물병을 책상 위에 얹고 다시 자리에 눕는다. 흐릿한 어둠 속에 펑퍼짐한 김수현의 면상이 떠오른다. 집을 찾아가든 장유 가맹점을 찾아가든 무슨 결단을 내야겠다.

생각들을 정리하며 마음을 다잡고 있을 때였다. 삐릿삐릿. 나는 내 휴대전화에서 나는 소린 줄 알았다. 김수현에게서 온 문자일까 싶어 바삐 머리맡에 던져 둔 재킷 주머니에서 휴대전화를 찾아 꺼낸다. 그런데 아니다. 그에게 온 문자 메시지다. 이 밤에 누가 문자를 보냈을까? 나는 못 들은 척 어두운 천장을 멍하니 바라본다. 눈을 감는다. 눈을 감아도 신경은 그의 휴대전화에 가 닿아서 돌아오지 않는다. 잠이 달아난다. 만류의 말과 행동의 말이 내 속에서 치열하게 오간다. 끝내 마음은 행동의 말로 기운다. 나는 조용히 몸을 일으켜 방바닥에 놓인 그의 휴대전화를 찾아 연다. '삼천만 원 입금시킨 거 확인했어요? 우선 급한 거부터 해결해 보소. 급하면 또 보내께. 언제 또 올 건데?' 그의 전 부인이다. 그에게 돈을 보낸 모양이다. 삼천만 원. 나는 만져 보지도 못할 돈이다. 금전적 편의를 위해 그녀를 다시 만나는 것인지. 나는 그의 휴대전화를 든 채 잠든 그의 얼굴을 내려다본다. 속을 알 수 없는 얼굴이 여전히 호수 같다. 호수 같은 저 얼굴로 나와 그녀에게서 육체와 돈을 번갈아 인출해 내는, 재주 좋은 남자가 그일 수도 있다는 생각이 천둥처럼 내 머리를 스친다. 두 여자를 오가느라 얼마나 분주했을까. 두 구멍의 크고 작음을 비교하는 맛이란 또 얼마나 오죽했을까. 이것이 신용불량자인 그가 취할 수 있는 최선의 삶의 방식이란 말인가. 나는 그의 휴대전화를 손에 든 채 한참을 멍하니 서 있다. 호수의 잔잔한 저 수면 아래로 그는 뭘 더 숨기고 있는 걸까. 순간, 손에 든 휴대전화로 그의 얼굴을 힘껏 내리치고 싶어진다. 그리하여 잔잔한 호수의 수면에서 파도 같은 피가 솟구치는 걸 보고 싶다. 그 피를 보고 나면 그를 놓을 마지막 말이 내 안에서 뜨겁게 용솟음칠 것 같다. 내 안에 질기게 박힌 그의 뿌리가 말끔히 뽑힐 듯하다. 그러나 나는 이내 두려워진다. 혼자가 된다는 것. 저 먼 기억 속, 그 여자의 머리채를 잡고 뜨거운 태양 아래를 바삐 걸어가던 엄마가 또렷이 떠오른다. 나는 다시 그녀의 문자 메시지를 들여다본다. 삭제를 눌러 메시지를 지운다. 그리고 조용히 그의 휴대전화를 처음 있던 곳에 내려놓고 조심조심 내 자리로 와 눕는다. 내일은 그와 한계령 가는 날. 나는 이 말이 박하 향 같다고, 중얼중얼 우겨 본다.

고개를 돌려 잠든 그를 바라본다. 마르고 고단한 얼굴이다. 당신이 먼저 떠날 수도 있겠네. 눈이 그치고 드디어 날이 맑겠어, 당신은. 낮에 불던 칼바람 한 줄기가 가슴을 할퀴고 지나간다.

먼저 눈을 뜬 건 그였다. 그가 나를 흔들어 깨웠다. 추워서 잠이 깼는데 벌써 6시가 넘었다며 출발을 재촉한다. 그답지 않다. 상황이 이러하니 다음에 가자는 말을 할 법도 한데 끝내 자신의 생각을 드러내지 않는다.

그와 함께 밖으로 나온다. 우리가 현관을 나올 때까지 안방에서는 어떤 기척도 나지 않았다. 어제 노인네들이 얼마나 푸닥거리를 했으면 저럴까 싶었으나 한편으론 마음이 놓였다.

그의 차에 오른다. 어젯밤 그녀의 문자 메시지가 생각난다. 응답을 기다리다 그녀는 다시 그에게 메시지를 보낼 것이다. 삼천만 원을 보냈다는 그녀의 메시지를 받고도 그는 나에게 고요한 얼굴을 해 보이겠지. 나는 부서져라 힘껏 차문을 닫는다. 폭설이 왔으면 좋겠다.

목욕탕에서 나와 고속도로로 진입할 즈음에야 새벽 이내가 걷힌다. 나는 휴대전화를 손에 쥔 채 그의 옆 자리에 앉았다. 차창을 따라오는 하늘은 잔뜩 흐렸다. 정말이지 눈이 올 듯하다. 그는 가까운 휴게소에 들러 아침을 먹자고 한다.

우리는 언양 휴게소에 들러 아침을 먹었다. 이른 아침임에도 등산객들로 휴게소는 제법 붐볐다. 언양 휴게소를 지나 조금 더 달렸을까. 바다가 보이기 시작했다. 그때부터 겨울 바다는 끊임없이 우리를 따라왔다. 파도가 사나운 검푸른 바다에는 엄마의 울분 같은 포말이 허옇게 일어났다 사라지곤 했다.

차가 후포 휴게소를 지날 즈음이었다. 나는 가방에 들고 온 엄마와 아버지의 건강검진 동의서가 생각났다. 나는 급히 집에 전화를 했다. 그런데 아무도 전화를 받지 않는다. 엄마가 없을 때는 아버지가 늦게라도 전화를 받곤 하는데, 이상한 일이다. 경비실에서 사람이 올라와 엄마 아버지를 벌써 데려간 것일까. 엄마의 휴대전화 번호 단축키를 누른다. 역시 연결이 되지 않는다. 검진이 시작된 건가. 보호자 동의서 없이도 건강검진이 가능한 모양인지. 통화를 못하고 다시 휴대전화를 손에 움켜쥐는 나를 그가 힐끗 돌아온다.

"와? 전화가 안 되나?"

나는 아무 대답도 않는다. 손에 휴대전화를 든 채 눈을 감는다. 얼마가 지났을까. 휴대전화가 울린다. 낯선 번호다. 나는 혹 김수현인가 싶어 얼른 통화 버튼을 누르며 자세를 고쳐 앉는다.

"아이고 박영숙이가 맞나? 302호? 이기 뭔 일이고. 집에 일났쓰요, 일! 내 살다가 이런 일은 또 처음본대이. 흉측도 하지!"

경비실 아저씨다. 내 말을 듣지도 않고 울 듯한 소리를 토한다.

"엄마, 아버지가 갔쓰야! 하도 사람이 안 내려오고 인타폰도 안 받아서 올라갔더만 문이 안 잠겨 있뜨라꼬. 그래 내가 들어가 보이……. 119가 와서 실어 갔는데 내가 보이끼네 벌써 아이던데. 어데요? 퍼떡 집에 오소!"

"네! 알았습니다."

엄마가 깰까 너무 신경을 썼던 탓일까. 나오면서 현관문을 잠그지 않았던 모양이다. 나는 그에게 차를 돌려 줄 것을 다급히 말한다. 그가 왜 그러냐고 서너 차례 물은 뒤에야 나는 겨우 대답을 한다.

"엄마, 아버지 돌아가신 것 같네."

넋이 나간 내 말을 알아듣지 못했는지, 믿지 못하겠다는 건지 그는 차를 돌리지 않는다.

"차 돌리라꼬!"

나는 버럭 소리를 지른다.

"알았다."

저 말도 어쩌면 저리 고요할까. 그는 차를 돌린다. 다시 휴대전화가 울린다.

"119 박 경장입니다. 박영숙 씨 맞습니까?"

"네."

"신고 받고 대학병원에 모셔왔는데 의사가 독소에 의한 사망이라고 하거든요. 보호자가 오셔야 될 것 같습니다. 근데, 어제 뭘 드셨는지 아십니까? 방에 상이 그대로 있던데요?"

나는 얼른 복어 매운탕을 떠올린다.

"복어 매운탕요. 그거 먹었을 겁니다."

그런데 이상한 일이다. 엄마는 지금까지 복어 매운탕을 수

백 번도 더 끓인 복어 전문가가 아닌가. 엄마는 복어의 내장에 위태롭게 박힌 독소들을 말끔히 제거하는 법을 잘 알고 있었다. 그랬으므로 지금까지 어느 누구도 엄마의 복어 매운탕에서 독을 삼킨 적이 없었다. 그 독을 엄마 아버지가 삼키다니. 있을 수 없는 일이다. 어제 복어를 손질하며 유난을 떨던 엄마가 떠오른다. 그때 엄마의 손상된 대뇌 신경세포들은 어떤 생각들을 교류하고 있었기에 복어의 독소들을 긁어내지 못했단 말인가. 세포들의 접선이 불량스럽긴 해도 그 정도는 아직 아니었는데. 그런 생각을 하며 나는 고개를 돌려 그의 얼굴을 바라본다. 여전히 잔물결 하나 없이 고요한 얼굴. 나는 이제 저 얼굴이 섬뜩하다. 정신이 온전할 때면 엄마는 저 얼굴을 두고 사람 좋아 보이더라는 말을 되풀이하며 한숨을 내쉬곤 했었지.

차창 앞으로 다가드는 무거운 하늘은 금세 울음을 놓을 아이 같다. 울음이 터지듯 와르르 눈이 쏟아질 듯하다. 한계령에는 벌써 눈이 내리고 있으리라. 그때처럼 눈부신 침묵의 흰빛들이 세상의 모든 경계를 지우겠지. 엄마 아버지가 간 그곳도 경계가 지워진 흰빛의 세상일까. 그런데 나는 왜 눈물이 나지 않는지…….

잔지바르의 아이들

집으로 가는 그녀의 발걸음이 무겁다. 버스에서 내려 택시를 탈까 하다 그만두었다. 기본요금밖에 나오지 않는 거리였다. 천 원도 아쉬운 판에 택시라니. 그녀는 언덕길을 걷기로 한다.

아침 일찍 서둘렀음에도 어느새 하루가 다 가 버렸다. 그가 있는 구치소는 많이도 멀었다. 며칠 있으면 재판이 다시 열린다. 출산 전에 그를 한번 봐야 했다. 그래야 될 것 같았다.

한여름 볕은 종일 따가웠다. 지금쯤 그녀의 옥탑방은 한껏 데워져 있을 것이다. 한증막 같은 그곳에서 아이들은 진물 같은 땀을 흘리며 그녀를 기다리고 있으리라. 알면서도 호흡만 가쁠 뿐 발걸음은 무겁고 더디다.

길을 꺾어 골목으로 들어서려다 멈칫 걸음을 멈춘다. 골목 반대편, 펜스가 쳐진 곳으로 간다. 언덕길을 오르기 전에 좀 쉬어야 할 것 같았다.

펜스를 잡고 서서 숨을 몰아쉰다. 숨결에서 단내가 난다. 하늘을 바라본다. 바람 한 점 불지 않는 고요한 대기. 고요한 대기 속의 그녀는 구호품 가게에 내걸린 옷가지 같다. 몸도 마음도 마구 구겨져 있다. 퉁퉁 부은 다리가 불편하다. 자세를 고쳐 본다. 오른발을 앞으로 조금 내딛자 한껏 부른 배가 녹슨 철제 펜스에 가 닿는다. 순간 그녀는 움찔한다. 그녀를 따라 뱃속 아이의 움직임 또한 요란해진다. 그녀는 손바닥으로 배를 쓰다듬는다. 그러다 부푼 배 한가운데서 손을 멈춘다. 멈춘 손이 오래도록 그곳에 머문다. 가만가만 호흡을 고른다. 뱃속으로도 고른 숨소리가 번지고, 아이는 어느덧 고요해진다.

새하얗게 질린 소희의 얼굴이 다시 떠오른다. 눈을 감자 한숨이 터진다. 또 천지가 까마득히 무너져 내린다. 그러나 그 일이 이제 아무것도 아닌 일이 되어야 한다. 그래야 모두가 산다. 다리가 후들거리고 온몸에 힘이 빠진다. 그녀는 펜스를 잡고 천천히 몸을 내린다. 파인 시멘트 바닥의 흠 없는 곳을 찾아 엉덩이를 내려놓는다. 달동네의 길들은 유효기간이 지난 빵처럼 죄다 푸석인다. 바닥의 불퉁한 느낌이 엉덩이로 불쾌하게 와닿는다. 그날 일처럼.

그날, 그녀는 도시락을 싸지 말았어야 했다.

도시락을 들고 소희와 함께 갔던 둘째가 그녀의 일터였던 선미숯불갈비로 돌아온 건 오후 2시쯤이었다. 일요일이었고 점심 무렵이라 손님이 많았다.

"소희는?"

그녀는 부엌에서 설거지를 하며 보이지 않는 소희를 찾았다.

"심부름 갔다 왔으니까 이제 게임해도 되지?"

묻는 말에 대답은 않고 둘째는 게임 얘기만 했다. 그의 게임에 질렸던 터라 게임 근처에도 못 가게 했는데 일을 하다 보니 아이 단속이 되지 않았다. 둘째도 틈만 나면 게임이었다.

"아니! 누나는?"

그녀는 신경질을 내며 소리쳤다.

"그, 그…… 그 아저씨가 밥 먹고 나면 도시락 가져가야 된다고 누나 데리고 가던데? 나보고는 먼저 가라고 해서 왔어. 나 게임하러 간다?"

아이들은 그를 아빠라 부르지 않았다. 새 아빠도 아빠라고, 아빠로 불러야 한다고 몇 번이나 타일렀지만 소희만 가끔 아빠라고 했다. 그것도 눈치를 봐 가며 얼버무리듯 말했다. 아빠는 무슨. 그녀도 그렇게 생각했다.

그녀보다 두 살 아래인 그는 하는 짓이 많이 어렸다. 지아비 노릇이든 아비 노릇이든 도통 어른 노릇을 할 줄 몰랐다. 그녀 몸을 파고드는 일이라면 아이들이 있건 없건 크게 상관하지 않았다. 그는 그게 어른 노릇인 줄 아는 모양이었다.

"어디로 갔는데?"

그녀는 그릇을 씻던 손을 멈추고 개수대 앞 미닫이창으로 고개를 내밀며 둘째를 찾았다. 달아나고 없었다. 이놈의 짜식을 그냥…… 오겠지 뭐.

오겠지 뭐, 했던 소희는 어두워져서야 집으로 돌아왔다. 그 모양을 해가지고서. 도시락 통도 가져오지 않은 채.

그날, 그녀는 화해의 의미로 도시락을 쌌다. 그는 며칠째 집에 들어오지 않고 있었다. 그녀와 크게 싸우고 난 뒤였다. 출근도 하지 않았다. 주인 최씨가 그를 대신해 들어온 고기들을 장만했다. 새로 사람을 구하려는 것을 그녀가 최씨에게 통사정을 했다. 조금만 기다리면 그가 다시 올 거라며 매달렸다. 몸은 좀 고되지만 큰 식당이고 손님들이 많아 월급이 좋았다. 그녀는 그가 자주 가는 PC방에 있으려니 했다. 싸운 건 결혼 전 그가 가지고 있던 빚 때문이었다. 그 빚은 그들에게 큰돈이었다. 둘이 벌어도 생활비며 월세가 빠듯한데 보지도 못한 그의 빚은 그녀를 버겁게 했다. 아이 둘을 데리고 총각인 그와 결혼한 게 큰 죄인 것만 같아 목구멍으로 올라오는 말들을 몇 번이고 삼켰다. 그러나 그는 버는 것보다 쓰는 게 많았고 빚은 빚대로 늘었다. 그는 게임 머니를 사는데 많을 돈을 썼다. 몇 달 뒤면 그의 아이인 셋째도 태어날 것이고 그렇게 되면 그녀는 한동안 일을 나갈 수 없게 된다. 그의 수입으로 모든 생활이 돌아가야 하는데 하는 짓으로 봐서는 무리일 것 같았다. 어쨌든 말을 하긴 해야 했다.

그가 술을 먹고 늦게 귀가한 날이었다. 아이들은 자고 있었다. 보증금 오백에 월세 이십만 원인 옥탑방은 더위가 일렀다. 술에 취한 그는 민소매에 짧은 반바지를 입고 자는 소희의 엉덩이를 만지작거렸다. 소희가 잠에서 깨어나 놀란 눈으로 그녀를 바라봤다. 그녀가 그를 나무라며 몇 번이고 자라 했다. 그는 자려 하지 않았다. 소희의 엉덩이를 만지작대는 손도 멈추지 않았다. 소희가 싫다는 내색을 해도 그는 막무가내였다.

"그만둬!"

그녀가 버럭 화를 내며 잔소리를 시작했다. 그의 빚에 대해서도 들먹였다.

"밤낮으로 일을 하든 도둑질을 하든 니 빚 니가 갚아!"

그 말을 시발점으로 그가 폭발했다. 그가 그녀의 머리채를 잡고 흔들었다. 겁먹은 아이들이 울음을 터트리며 옥탑방 마당으로 뛰쳐나갔다.

"애 새끼 딸린 오갈 데 없는 년을 거둬 줬더니 이 쌍년이 뭐가 어째?"

한껏 부른 그녀의 배를 보고도 그는 손찌검을 멈추지 않았다. 그녀도 악을 쓰며 달려들었다. 그럴수록 맞았다. 싸움은 그가 현관문 유리를 박살내고 옥탑방 계단을 내려가고 나서야 끝이 났다.

그 후 그는 집으로 돌아오지 않았다. 걱정이 되었던 그녀가 그날은 도시락을 쌌다. 소희 손에 들려 주면서 그가 잘 가는 PC방을 알려 주었다.

"가서 아빠한테 이것만 전해 주고 오너라."

도시락만 전해 주고 오면 된다는 그녀의 말에 소희는 남동생을 데리고 그를 찾아 PC방으로 갔다. 그는 헝클어진 머리와 덥수룩한 얼굴로 게임에 몰두하고 있었다.

"엄마가 이거 갖다 주라고……."

그는 힐끗 고개를 돌려 소희 남매를 바라봤다. 그러고는 이내 짜증스러운 표정으로 모니터에 얼굴을 박았다. 와, 와, 와. 철없는 동생이 그가 하고 있는 게임 모니터로 얼굴을 들이밀며 낮은 소리로 감탄했다. 소희가 동생의 옆구리를 꾹꾹 찔렀다. 동생을 바라보며 작은 눈을 부라렸다. 동생은 소희의 말을 듣지 않았다. 안 되겠다 싶어 소희는 도시락 통을 그의 옆자리에 얹어 두고 동생을 끄잡고 나왔다. 1층 계단을 거의 다 내려올 즈음이었다. 그가 도시락 통을 들고 뛰어 내려오며 아이들을 불러 세웠다.

"야, 너는 집에 가고. 기집애 너, 나 따라와. 먹고 나면 빈 통 가져가야 될 거 아니야?"

이때다 싶었던지 동생은 날쌔게 달아났고 소희는 그를 따라갔다. 그가 소희를 데려간 곳은 근처 여관이었다.

그녀는 부른 배를 안고 소희가 말한 여관을 찾아 내려갔다. 병원 응급실에서 치료를 받고 돌아온 소희는 집에 오자마자 잠이 들었다. 아이가 잠든 것을 보고 그녀는 곧장 집을 나섰다. 소희가 달려 올라왔을 재개발 동네의 음습한 골목을 무거운 몸을 재촉해 가며 뛰듯 걸었다. 골목을 휘도는 괴기스러운 어둠 따윈 아무것도 아니었다. 헤진 소희의 붉은 아랫도리만이 온통 머릿속을 채웠다.

겨우 달래어 씻기고 난 뒤 들여다본 소희의 아랫도리는 무참했다. 보드라운 그곳이 마구잡이로 찢어져 있었다. 너덜거리는 붉은 헝겊 같았다. 그것이 꼭 자신의 아랫도리인 것만 같아 그녀는 벌벌 몸을 떨었다. 아닌 게 아니라 뛰듯 걷는 자신의 아랫도리가 쓰린 듯 아팠다. 그녀는 몸속 피들이 거칠게 소용돌이치는 소리를 들었다. 심장이 폭풍 속 나뭇잎처럼 파들거렸다. 이 짐승만도 못한 새끼. 갈아 먹어도 시원찮을 놈. 어디선가 들었던 익숙한 욕들이 그녀의 입에서 튀어나왔다. 그녀는 어금니를 되게 갈아 물었다.

여관은 PC방과 노래방들이 밀집한 동명 국밥집 안쪽 골목에 있었다. 그녀가 들어서자 개구멍 같은 카운터 쪽문이 열리고 주인인 듯한 파자마 차림의 남자가 그녀를 붙들었다.

"어떻게 왔어요?"

남자는 따지는 말투로 물었다.

"…… 저, 애 아빠가 좀 와 보라고 해서. 202호라고 하던데."

남자는 더 묻지도 않고 쪽문을 소리 나게 닫았다.

아주 낡은 여관이었다. 입구부터 곰팡이와 담뱃진 냄새가 진동을 했다. 비리고 역했다. 이런 곳에서는 누구도 타인과 살과 숨을 섞지 않을 것 같았다. 소희가 말한 대로 2층 계단을 오르는데 코끝이 간질간질했다. 잔기침이 저절로 튀어 나왔다. 살며시 202호 문 손잡이를 비틀었다. 문은 잠겨 있지 않았다. 문을 열자 방 안에서도 눅눅한 곰팡내가 밀려 나왔다. 벽으로 빗물이 스며들었던지 빛바랜 벽지는 다 타지 못한 소지처럼 얼룩져 있었다. 그는 알몸인 채로 누워 코를 골고 있었다. 머리맡에 도시락 통이 보였다. 그 옆으로 서로 엉겨 붙은 한 무더기의 휴지 뭉치가 놓여 있었다. 휴지 뭉치에는 검붉은 얼룩이 묻어 있었다. 핏자국이었다. 온몸을 태울 것처럼 분노가 치밀어 올랐다. 불길에 휩싸인 듯 숨을 제대로 쉴 수가 없었다. 그녀는 조용히, 크게 숨을 들이마시며 스스로를 진정시켰다. 그리고는 그가 깰까 조심스레 문을 닫고 여관 입구로 나왔다. 카운터의 남자는 아무런 기척이 없었다. 그녀는 여관 입구에 서서 휴대전화를 열었다. 흥분된 마음이 울분 같은 말들을 두서없이 뱉어 냈다. 수화기 너머의 경찰관은 그녀의 말을 알아듣지 못했다.

“무슨 일이십니까? 여보세요? 여보세요?”

다급한 경찰관의 물음에 그녀는 가슴을 지그시 누르며 좀 전 자신의 말을 천천히 풀어냈다. 경찰관에게 여관의 위치를 자세히 말하고 나서야 전화를 끊었다. 전화를 끊고 나자 참았던 눈물이 주르르 흘러내렸다. 소희의 다리를 타고 내렸던 그 핏물처럼.

그는 순순히 자신의 범행을 인정했다. 소희와 대질 신문을 할 필요도, 경찰관이 현장에서 들고 온 검붉은 휴지 뭉치를 내밀 필요도 없었다. 왜 어린 딸을 그렇게 했느냐고 경찰관이 물었을 때 그는 고개를 떨군 채 겨우 입을 열었다.

“화가 나서요.”

순간, 모든 사람들이 놀란 눈으로 그를 바라봤다. 자신이 무능하다고 무시하는 그녀에게 통쾌한 앙갚음을 하고 싶었다고 했다. 도시락을 들고 온 아이들을 보는 순간 소희가 아주 적절해 보였다고 했다. 거친 숨을 몰아쉬며 그의 뒤편에 앉아 있던 그녀가 부푼 배를 싸안고 벌떡 일어났다.

“뭐가 어째, 이 짐승만도 못한 놈아!”

"아이, 씨발!"

그가 수갑을 찬 채 벌떡 일어서며 그녀를 향해 헛발질을 해 댔다. 싸움이 있던 그날 밤처럼 무섭게 그녀를 노려보기도 했다.

"에이, 아줌마!"

출입문 쪽에 앉아 있던 경찰관이 달려와 그녀를 제지했다. 그는 바로 검찰로 송치되었고 법정에서 4년 형을 선고받았다.

형을 선고받던 날, 그의 얼굴은 억울하다는 듯 심하게 일그러졌다. 그녀는 고작 4년이냐고, 죽여도 시원찮을 놈을 겨우 4년을 징역 살게 하느냐고 자신의 앙가슴을 오래도록 쳤다.

그러나 그는 항소를 원했다. 그녀도 그것에 동의했다. 출산을 한 달 앞두고서였다. 그럴 수밖에 없었다. 태어날 아이는 그의 아이였다. 네가 태어났을 때 네 아비는 감옥에 있었단다. 지 새끼 잡아먹은 죄였지. 태어날 아이의 가슴에 달릴 이런 종류의 주홍빛 말이 무서워서가 아니었다. 무서운 건 목구멍이었다.

항소 후 처음 본 그는 달동네의 길처럼 푸석해져 있었다. 면회 온 그녀를 잡아먹을 듯 노려보았다. 네가 아직 네 죄를 모르는구나. 그렇게 속말을 씹으면서도 그녀는 시퍼런 그의 눈을 아무 말 없이 바라보았다. 할 말도 없었지만 어떤 말도 하고 싶지 않았다. 그러나 그녀는 그가 분명 잘못 직조된 인간이라는 생각만은 지울 수가 없었다. 그러자 뱃속 아이의 발길질이 유난해졌다. 명치께가 뭉근히 아파왔다. 저걸 애비라고. 심장이 뛰기 시작했다. 그것을 그가 눈치챌 리는 없었다.

"변호사 알아봤지? 그날 너만 그렇게 안 볶아 댔으면 아무 일 없었잖아! 빼내 줘. 알았나? 무슨 수를 써서라도. 대답해! 대답하라고!"

"항소 했으니까……. 어떻게 되겠지."

짧은 면회 시간 내도록 그는 숨이 넘어갈 듯 빼내 달라고만 졸랐다. 어떻게 사느냐, 몸은 괜찮느냐, 아이들은 잘 지내느냐, 와 같은 안부의 말을 기대했던 건 아니었다. 그래도 그의 입에서 미안하다는 말과 함께 소희에 대한 걱정의 말 한마디 정도는 나오길 바랐다. 그녀의 부른 배를 보고도 출산일이 언제냐고 묻지 않았다. 그녀는 팔랑개비처럼 나불대는 그의 입만 멀거니 바라보다 돌아섰다.

구치소 건물의 좁은 길을 걸어 나올 때였다. 좀 어지럽다는 생각이 들면서였다. 세상 모든 것들이 그녀로부터 점점 달아나고 있었다. 걷고 있다는 사실조차 현실로 느껴지지 않았다.

가슴 한가운데로 강한 전류 같은 통증이 지나간다. 하늘을 바라보던 그녀는 거기서 생각을 멈춘다. 그렇지 않으면 숨이 멎을 지도 모를 일이다. 오른손으로 가슴을 치며 숨을 크게 들이킨다. 찌를 듯한 가슴 통증은 소희가 일을 당한 후부터 자주 찾아온다.

그녀는 툴툴 엉덩이를 털며 일어난다. 그제야 집에 있는 아이들 생각이 난다. 어느새 하늘은 분홍으로 물이 든다. 맑고 고운 분홍이다. 꿈속인 듯 그녀는 손으로 허리를 받치고 서서 감격 어린 눈으로 노을을 바라본다. 그런데 갑자기 왜 저렇게 노을이 이쁘냐고 소리치고 싶다. 길을 가는 누구든 손목을 부여잡고 서서 노을이 왜 저토록 맑고 예쁜지 묻고 싶다. 분홍 노을은 점점 붉어지며 그녀를 온통 빨갛게 물들인다. 그녀는 그 붉은 노을에 온통 속살을 적신다.

면회를 다녀 온 열흘 후, 뱃속 아이는 세상에 울음을 내놓았다. 딸이었다. 소희가 태어났을 때처럼 투명한 분홍 살 속으로 여린 핏줄들이 마냥 애처로웠다. 그녀는 갓 태어난 아이를 물끄러미 바라보았다. 죄 없이 순결한 핏덩이였다. 그녀는 손을 뻗어 아이를 끌어안았다. 가슴 저 밑바닥에서 뜨거운 무엇이 솟구쳐 올라왔다. 그러나 순결한 핏덩이를 보러

온 사람은 복지관의 윤 관장뿐이었다. 배내옷 두 벌을 들고 서였다. 잔잔한 꽃무늬에 노랑나비가 그려진 하얀 배내옷이 꼭 천사의 날개 같았다.

태어난 지 100일도 안 된 아이를 안고 그녀는 집을 나섰다. 오늘은 그의 항소심이 있는 날이다. 가슴이 두근거리고 손이 떨린다. 아이는 윤 관장이 사 온 천사의 날개옷을 입었다. 과연 그는 풀려날 수 있을까.

항소를 하고 나서 국선 변호사인 이 변호사가 법원에 피고인의 구체적인 양형요소를 조목조목 적어 제출했다. 그중에서 아이가 셋이란 것과 기초생활수급자라는 것에 밑줄을 그었다. 출산한 지 얼마 되지 않은 그녀가 직접 항소심 법정에서서 피해를 입은 아이의 상태와 자신의 처지를 말하는 것도 그에게 유리하게 작용할 것이라며 피고 측 보호자의 변을 신청하기도 했다. 오늘 그는 3년 이하의 형을 선고받아야 한다. 그래야 집행유예로 풀려날 수 있다. 어린 딸아이의 아랫도리를 헝겊조각으로 마구 찢어 놓은 그에게 3년 이하의 집행유예란 어떤 것일까. 어깨를 토닥이며, '다음에는 절대 그러지 마?'와 같은 다짐의 말을 묻고는 집으로 돌려보내는 것과 같다. 그게 그럴 일인가? 정말 그게 그럴 일인가? 그런데 그럴

일로 만들기 위해 그녀는 오늘 법원으로 간다.

그러니까 뭐라고 해야 한다더라? 그녀는 가슴팍에 안은 아이를 조심스레 위로 받쳐 올리고 아기끈을 단단히 조인다. 그리고 어깨에 멘 기저귀 가방 안의 작은 주머니를 손으로 더듬어 연다. 주머니에서 좀 전 집을 나서며 구겨 넣었던 흰 종이 한 장을 꺼낸다. 이 변호사가 그녀에게 건넨 종이다. 거기에 적힌 글들을 또 읽는다. 벌써 몇 번째인지 모른다. 다 외운 것 같은데도 말들은 막힘없이 입 밖으로 흘러가지 않는다. 다시 읽으며 입속으로 중얼거려 본다. 이 변호사가 적어 준 말들이지만 어쩌면 이렇게도 제 속을 속속 읽었는지, 그녀는 기가 막힐 지경이다. 깊은 한숨이 긴 여운처럼 꼬리를 문다.

재혼은 무슨. 그냥 애들이랑 살 것을. 길을 내려오며 열천 번도 더한 후회의 말을 또 중얼거린다.

버스를 타려 정류장으로 가는 지름길로 들어선다. 지름길은 재개발이 확정된 동네를 가로지르는 길이다. 버스가 다니는 큰길로 내려가려면 이곳을 지나야 에두르지 않는다. 그러나 죄다 빈집들이라 대낮 말고는 다니기 힘든 곳이다. 이윤 없는 셈이었는지 재개발은 몇 년째 말만 무성할 뿐이었다. 그날 밤, 다급했던 소희는 이곳을 마구 달려왔을 것이다. 이곳이 집으로 오는 지름길이라는 걸 소희도 알고 있었으니까. 어린 것이 얼마나 무서웠을까. 그녀는 다시 몸서리를 친다.

그날 밤, 핏물을 흘리는 소희를 응급실로 데려갔을 때 찢어진 소희의 붉은 아랫도리를 본 당직 의사는 질겁한 얼굴로 엄마인 그녀를 바라보았다. 그 눈빛은 아이가 이 지경이 될 때까지 당신은 도대체 뭘 하고 있었냐고 묻고 있었다. 그녀는 그의 새끼를 밴 몸으로 선미숯불갈비집 부엌에서 끊임없이 쌓이는 그릇들을 씻고 또 씻었다. 얼마나 서 있었는지 종아리가 퉁퉁 부어 나무토막이었다.

그녀는 굴다리를 지나 재개발 지역의 골목길로 들어선다. 골목 담벼락마다 압류 딱지처럼 '철거'라는 커다란 글자가 붉게 휘갈겨져 있다. 밤에 보면 저건 분명 유령의 모습이리라. 구걸하는 노인모양 무너질 듯 낮게 엎드린 슬레이트 지붕의 작은 집채들을 끼고 좁은 골목의 내리막길이 계속된다. 좁은 길은 시멘트가 파여 종양이 번진 식도처럼 불퉁거린다. 병든 식도를 타고 겨우 내려가는 음식물 같이 그녀는 조심조심 걸음을 옮긴다. 빈집들을 휘감은 고요가 으스스하다. 고요한 이곳에서 누군가를 만날까 두렵다. 사람이 무서운 곳이다. 그러다 미처 생각지 못한 맞닥뜨림처럼 갑자기 시야가 휑해진다. 골목이 끝나자마자 넓은 공터가 눈앞에 펼쳐진다. 이곳에 공터가 있다는 걸 알고 있었으면서도 오늘따라 그 휑한 공간감이 느닷없고 낯설다. 공터엔 합판이나 나무들이 쌓여 있고 그 주변으로 온갖 쓰레기들이 널려 있다. 억센 잡초

들도 이곳에서는 기세당당한 주인이 되었다. 쌓인 지 오래된 거뭇한 나무들에서 썩는 냄새가 열기를 타고 오골오골 피어오른다. 그 냄새에 섞여 골목 깊숙한 어디쯤에서 누가 죽어 간다 해도 모를 일이다.

쌓인 나무더미 쪽을 지날 때였다. 그녀는 화들짝 놀라며 움찔 걸음을 멈추었다. 아옹, 아옹, 아옹……. 찢어질 듯 날카로운 고양이 울음소리. 순식간에 골목의 고요가 파열된다. 잠든 애가 깰까, 그녀는 얼른 손으로 아이 등을 감싼다. 아무것도 없는 줄 알았는데……. 한 무리의 고양이들이 나무 더미 밑에서 맹렬히 튀어나오며 날카로운 울음을 쏟아 낸다. 그 날카로운 울음이 내리붓는 햇살과 섞이며 더욱 소란스러워진다. 새끼까지 열 마리쯤은 되겠다. 뜨거운 햇볕을 피해 썩어 가는 합판 밑에 숨어 있다 인기척에 놀란 모양이다. 크게 발소리를 낸 것도 아닌데 고양이들의 반응은 호들갑스럽다. 인기척이 드물어 이곳 고양이들의 감각이 유독 예민해졌을 수도 있다. 조물거리는 새끼들이 어미의 걸음을 따라가지 못해 바둥거린다. 울음 또한 다급하다. 다급한 울음은 순결하고 애처롭다. 저 멀리 달아나던 크고 시커먼 고양이가 주변을 살피더니 다시 되돌아 뛰어온다. 어미인 듯했다. 뛰어와 날 선 시선으로 그녀를 한번 올려다보고는 걸음이 서툰 새끼의 목을 물고 달아난다. 눈알까지 새까만 어미 고양이. 맹

독이 뿜어져 나올 듯 눈빛이 섬뜩하다. 저 눈빛만으로도 어미 고양이는 충분히 공격적이다. 밤에 이곳에서 저 고양이와 마주쳤다가는 심장이 멎을 수도 있겠다. 무릇 새끼를 키우는 어미나 애비의 눈빛은 저러해야 하리라. 그러나 모를 일. 저 검은 눈빛으로 여리고 고운 지 새끼들을 공포에 떨게 할 수도……. 돌아가신 엄마의 말이 떠오른다. 그래도 지 새끼 잡아먹는 범은 없단다. 니들은 들어가서 자라.

아비가 술을 잔뜩 먹고 온 날이면 집 안에는 남아나는 게 없었다. 둥지를 기습한 침입자처럼 아비는 모든 걸 밖으로 집어던졌다. 살을 섞는 마누라도, 고물거리는 새끼들도, 모두 집 밖으로 던져 냈다. 그럴 때 아비는 힘이 장사였다. 내던져지지 않으려면 아비에게 잡히지 않는 게 수였다. 딸 셋과 그 어미는 집 뒤 야트막한 산으로 올라가 몸을 숨겼다. 그 아비가 잠들기 전에는 집으로 돌아올 수 없었다. 그런 날 저녁은 굶을 때가 많았다. 지 새끼 잡아먹는 범은 없단다. 니들은 집에 가서 밥 먹고 자거라. 곁에 오종종 붙어 앉은 어린 것들을 향해 그 어미는 그렇게 말했다. 그러나 모든 것에는 예외가 있듯 그녀는 자신의 아비가 그 예외의 한 경우처럼 여겨졌다. 그 아비는 새끼도 잡아먹을 범처럼 으르렁거렸으니까. 딸들은 잡아먹힐까 무서워 어미 곁을 떠나지 못했다. 누군가를 기어코 잡아먹어야만 자겠다는 듯 아비는 밤늦도록 잠들 줄을 몰랐다. 어둠은 갈수록 짙어졌고 하늘의 별들이 나무 우듬지 사이로 눈물이 되어 떨어져 내렸다. 갈아먹어도 시원찮을 놈. 우듬지 사이의 별을 올려다보며 어미는 혼잣말처럼 중얼거렸다. 그 소리를 들을 때면 그녀는 시간을 거슬러 올라가 힘이 거세된 '소년 아비'를 상상하곤 했다. 그러면 아비는 곧 대길이가 되었다. 대길은 그녀의 말이라면 죽는 시늉도 마다하지 않았으니까.

옆집에 살았던 대길을 그녀는 제가 아쉬울 때에만 불러냈다. 그럴 때가 아니고는 대길을 찾지 않았다. 불려 나온 대길은 불러 줘서 고맙다는 듯 늘 들뜬 모습이었다. 이것 좀 해줄래? 너그 집에 널빤지 없나? 만들기 방학숙제 니가 좀 해도. 대길은 그녀의 어떤 주문에도 한결같았다. 그래, 그래!

그런 대길은 여름이면 흰 '빤스' 한 장만 입고 하루 종일 바다에서 놀았다. 아침부터 저녁까지 지칠 줄을 몰랐다. 날이 어두워지고 제 엄마가 밥 먹으라고 불러 들여야만 집으로 돌아오곤 했다. 대길뿐만이 아니었다. 그곳에서 태어나고 자란 아이들은 대길처럼 그렇게 바다를 거쳐 갔다. 바다에 잠겨 그 시절을 살았던 그때 그곳의 아이들은 누구나 흰 '빤스'처럼 순결했다. 아비 또한 그랬다.

아비가 술을 먹고 온 날이면 그녀는 미쳐 날뛰는 아비를 대길로 만드는 상상에 잠기곤 했다. 그 상상은 제법 통쾌했다. 상상 속 아비는 대길만큼의 어린 아이가 되었다. 그 어린 소년은 어미의 손에서 작살이 났다. 소년은 아구구 죽는 소리를 내며 땅바닥에 주저앉았다. 다시는 안 그러겠노라고, 어미에게 두 손 모아 용서를 빌었다. 그런 소년의 머리통을 딸 셋이서 번갈아 가며 쥐어박았다. 그건 생각만으로도 분이 풀리는 일이었다.

그러나 아비가 죽을 때까지 그런 일은 일어나지 않았다. 중학교를 졸업하고 제 언니들처럼 부산에 있는 산업체 고등학교로 가기 위해 집을 떠난 뒤에야 그녀는 뒷산의 어둠에서 벗어났다. 고향에 남은 아비는 죽을 때까지 둥지를 부수는 침입자로 살았다. 그러나 그건 이제 까마득한 저 먼 곳의 이야기가 되었다. 그러므로 대길은 이제 그곳에 없다. 그녀처럼 아주 오래 전에 그곳을 떠났다.

그곳에 없는 대길을 그녀는 어떻게 생각해 냈던 걸까. 그녀가 두 살 아래인 그와 재혼을 결심했던 건 그 바다와 어린 대길 때문이었는지도 모른다.

무거운 발걸음임에도 어느새 그녀는 버스가 다니는 큰길에 이른다. 아스팔트 위로 몸속 단내 같은 열기가 이글거린다. 버스 정류소에는 사람이 없다. 오래 기다리지 않아 버스가 저 멀리서 날 듯 달려온다. 가쁜 숨을 내뿜으며 그녀 앞에 선다.

좌석에 앉자마자 그녀는 기저귀 가방에 넣어 두었던 종이를 다시 꺼낸다. 마지막 희망인 양 그것을 읽고 또 읽는다. 읽으면서 마음속으로 그가 나올 수 있기를 간절히 빈다.

매달 주민센터에서 지급되는 40만 원으로 네 식구의 목구멍을 건재시키기엔 턱없이 부족하다. 기초생활수급자들에게 주어지는 혜택을 그녀에게 알아봐 준 건 복지관 윤 관장이었다. 출산 후 일을 나가지 못한 그녀가 근근이 생활을 버텨낸 건 40만 원 때문이었다. 그러나 난방비가 들어야 하는 겨울이 오면……. 정말이지 그건 무서운 일이 될 것이다. 그러니 반드시 그가 집으로 돌아와야 한다. 아무 걱정 없이, 집보다 따뜻할 교도소에서 디밀어 주는 삼시 세끼의 밥을 축내며 그가 거기에 앉아 있어서는 안 될 일이다. 집으로 돌아와 네가 한 짓만큼 가족들에게 갚아야 한다. 그게 그의 마땅한 죗값이라고 그녀는 생각한다. 그녀의 얼굴이 단단히 굳는다. 굳은 얼굴이 그녀의 가슴골에서 잠든 갓난쟁이를 내려다본다. 잘못 만졌다간 뭉크러지고 말 것 같은, 연한 내장 같은 몸. 새끼를 물고 가던 검은 어미 고양이의 독기 어린 눈이 떠오른다. 그래, 그를 만나지 말았어야 했어.

그녀가 그를 만난 건 선미숯불갈비 집으로 일을 나가면서였다. 그는 그녀보다 먼저 그곳에서 일을 하고 있었다. 부엌 옆에 딸린 조그마한 방에서 혼자 고기들을 장만하는 게 그의 일이었다. 선미 숯불갈비는 매일 도살장에서 고기들을 받아 파는 대형 고깃집이었다. 고기 장만이 주된 일이었으나 손님이 많아 바쁠 때는 아르바이트생을 도와 숯불을 나르기도 했다. 매일 아침이면 내장이 옴팍 파인 빨건 돼지나 소들이 그의 작업장에 부려졌다. 처음 본 그것들은 고기의 개념보다 짐승의 시체에 가까웠다. 흉측했다. 그녀는 그곳으로 고개도 돌리지 않았다. 그래서였을까. 가끔 그가 곁을 스칠 때면 그의 몸에서 비릿한 피 냄새가 났다.

그런 그녀가 그에게 관심을 보였던 건 늦게 일이 끝난 어느 날 밤이었다. 주인 최씨가 일이 늦게 끝난 것이 미안했던지 한잔하고 가라고 식당 식구들을 붙잡았다. 그게 갑작스러운 직원 회식이 되었고 그때 그녀는 그의 고향이 남해라는 것을 알았다. 술을 마시던 그가 자기 자랑이랄 것도 없는 말들을 늘어놓았다.

"샤장님요, 내가요, 헤엄을 을매나 잘 쳤냐면요, 내 별명이 물개였다꼬. 물개. 동네 가스나들이 나만 쳐다봤다 아이요. 하하하!"

그때 그녀의 머릿속으로 불꽃처럼 대길이 떠올랐다. 그날 이후 그녀는 그에게서 비릿한 피 냄새를 맡지 못했다. 오히려 감미로운 물살처럼 물컹거리는 감정이 가슴에서 찰랑거렸다. 아이 둘과 오래도록 혼자였던 그녀에게 그 물컹거림은 저 먼 기억 속, 대길을 불러왔다. 그가 그녀를 처음으로 안았던 날, 그녀는 술기운 탓만은 아니었다고 생각했다. 그녀는 그 물컹거리는 감정의 한가운데에 있었다. 그 밤, 흐릿한 어둠 속에서 그는 그녀를 그윽이 내려다보고 있었다. 그녀는 그의 이마에 내려온 머리카락을 자주 쓸어 올려주었다. 그때 그의 몸에서는 짠 내 같은 바다 냄새가 풍겼다. 그 냄새에 마구 이끌렸던 걸까. 어느 날 눈을 떠 보니 그의 몇 되지 않는 살림살이들이 그녀의 좁은 옥탑방에 와 있었고 아이들을 멀찍이 제쳐 두고 그가 그녀 곁에 누워 있었다.

버스에서 내린 그녀는 뜨거운 햇살 아래를 천천히 걷는다. 법원 입구로 들어서면서 이 변호사에게 전화를 한다. 휴대전화를 귀에 댄 채 눈으로는 법원 입구를 훑는다. 윤 관장은 보이지 않는다. 이 변호사는 한참 뒤에야 전화를 받는다.

"…… 네, 법원이에요. 어디신가요?"

"저도 법원입니다. 주차장인데, 거기 회전문 앞 계단에 있으세요."

통화 소리에 갓난쟁이가 깬다. 아이는 순했다. 밤에도 심하게 울거나 보채지 않았다. 보챌 땐 젖을 주면 그만이었다. 그녀는 얇은 아기 덮개를 벗긴다. 씨앗 같은 눈을 겨우 껌벅이며 아이는 입을 달싹인다. 재판이 있기 전에 젖을 좀 줘야 할 텐데. 아이의 등을 토닥이며 그녀는 주변을 둘러본다. 오가는 사람들이 많다. 무심히 하늘을 올려다본다. 햇살이 눈부시다. 햇살은 법원 마당의 화단으로 왁자하게 부서져 내린다. 부끄러움도 없이 나무의 아랫도리를 더듬으며 뭐라 속살대는 햇살. 그녀는 못 볼 것을 본 것처럼 황급히 그곳에서 눈을 뗀다. 저 멀리서 누군가 그녀의 이름을 부른다. 윤 관장이다. 이 변호사도 계단 모퉁이를 돌아 손을 흔들며 그녀에게로 다가온다.

이 변호사와 윤 관장은 그녀의 가슴에서 겨우 눈을 껌벅이는 갓난쟁이를 보고 한껏 얼굴을 부풀린다. 장난스럽게 아이를 어른다. 지나가는 사람들이 그런 그들을 힐끔댄다. 얼마 후, 윤관장과 이 변호사가 고개를 들고 그녀를 바라본다. 얼굴에 드리운 음영이 짙다.

"검찰 측 변호가 끝나고 나면 피고 측 변호가 있을 겁니다. 있는 그대로, 마음에 있는 말을 하신다고 생각하면 됩니다."

이 변호사의 말에 그녀는 말없이 고개를 끄덕인다. 그런 그녀를 윤 관장이 애써 웃으며 바라본다.

"그런데, 아이에게 젖을 좀 줘야 하는데……."

법원에는 수유실이 없다고 이 변호사가 말한다. 그들은 할 수 없다는 듯 이 변호사의 차를 향해 바삐 걸음을 옮긴다. 나무 밑동을 어르던 따가운 햇살이 그들 뒤를 쫓는다. 덥다. 가을이 오기는 오는 건지.

법정에 나온 그의 얼굴은 몹시도 침울하다. 그를 보자 그녀는 소희의 너덜너덜한 아랫도리가 다시 떠오른다. 생각하지 않으려 애써도 소용없는 일이다. 달려 나가 그를 갈기갈기 찢어 놓고 싶은 마음이 불처럼 인다. 찌릿한 통증이 또 가슴을 찌른다. 그녀는 눈을 감고 깊게 숨을 들이킨다.

재판은 신속하게 진행되었다. 검찰 측은 그의 항소심 자체를 비인간적인 행위라고 비난했다. 그가 원심대로 4년 형을 선고받아야 마땅하다는 것이 검찰 측의 일관된 생각이었다.

이 변호사의 변호가 끝나고 그녀가 법정의 한가운데에 선다. 그녀가 앞으로 나오자 검사와 판사의 눈이 일제히 그녀가 안은 아이에게 가 닿는다. 그녀는 수의를 입은 그를 보지 않는다. 아니, 보지 않으려 한다. 그래야만 선처를 호소하는 자신의 속말을 제대로 할 수 있을 것 같다. 그녀는 아래로 처진 아이를 가슴팍 위로 조용히 올려 안으며 말을 하기 시작한다. 그런데 그녀의 말은 입안에 갇혀 밖으로 나오질 못한다. 웅얼웅얼 허둥댄다. 판사가 그런 그녀를 제지한다.

"무슨 말인지 알아들을 수가 없습니다. 다시 하세요."

젊은 판사는 짜증스럽게 말한다. 그녀의 얼굴이 붉게 물든다. 이 변호사가 환한 얼굴로 그녀를 바라보며 오른손을 내젓는다. 이 변호사의 손짓을 보던 그녀는 몇 번 헛기침을 한다. 그 소리에 가슴에 안긴 아이가 꿈틀댄다. 그 연약한 꿈틀거림이 사락사락 그녀의 가슴을 후빈다. 그래, 올 겨울 냉방에서 어린 것들을 굶길 순 없지. 그녀는 마른 침을 삼키며 말을 한다.

"그 죄에 대한 대가에 네 사람의 인생이 달려 있음을 생각해 주시길 부탁드립니다. 지금 저희 가족은 비참하게도 먹고, 입고, 자는 문제로 고생을 합니다. 엄마로서 딸의 상처를 모르지 않습니다. 저는 이미 딸아이에게 큰 죄를 지어 평생 죄인으로 살아야 합니다. 하지만 여기 안고 있는 아기도 저 사람과 저의 자식입니다. 이 아기한테도 죄를 지으면 저는 엄마로 어떻게 살아야 합니까? 상처 입은 딸아이는 엄마인 저보다 잘 극복했고, 제가 고통스러워할 때 오히려 저를 위로했습니다. 제발 가정을 지켜 주십시오. 너무 힘들어 쓰러지려 합니다. 서로의 상처를 보듬으며 새 출발을 할 수 있도록 도와주세요."

마지막 그녀의 말은 심하게 떨렸다. 감정이 격해진 듯 목소리 또한 높았다. 그런 그녀와 달리 젊은 판사는 한껏 인상을 구긴다. 이 변호사가 일어나 그녀에게로 다가간다. 자리로 돌아오는 그녀를 부축한다. 그녀는 겨우 제자리로 와 앉는다. 자리에 앉는 순간, 물방울 같은 눈물이 그녀의 볼의 타고 주르르 흘러내린다.

그는 결국 3년 6개월을 선고받았다. 재판부는 피고인에게 양형기준을 적용하고 피고인과 피해자, 그리고 그들과 함께 살아가는 이들의 개별적 고통을 생각한다 해도 3년 이하의 형을 선고하기엔 그의 죄가 너무 무겁다고 했다. 법은 그에게 어깨를 토닥이지 않았다. 그러므로 그는 집으로 돌아오지 못했다. 그녀는 주저앉고 싶었다. 3년 6개월 동안 뭘 먹고 살 것인가. 그녀는 겁이 났다. 그 세월을 어떻게 버틸 것인가. 그건 정말이지 형벌이었다. 그는 죄수들의 인권문제가 사회문제로 들먹여지는 교도소에서 무사히, 안녕히 잘 지낼 것이다. 그것보다 더 오랜 형을 선고받는다 해도 그가 먹고사는 문제에 대해 고민할 필요는 없다. 하루 종일 하던 게임을 할 수 없게 되었으니 그게 문제일 뿐이다. 죄는 누가 지었으며 죗값은 누가 받아야 하는가. 활시위를 힘껏 당겨 분노의 화살을 쏘고 싶었지만 대체 누구에게 그것을 겨누어야 할지, 그녀는 알 수 없었다.

선풍기를 돌려 대도 방 안에 고이는 열기를 쫓아낼 수 없다. 건물은 낮에 한껏 빨아들였던 열기를 방 안으로 고스란히 토해 낸다. 좁은 방 안은 들끓는 한증막이다. 둘째는 팬티 한 장만 입고 자는데도 오일을 바른 듯 온몸이 번들댄다. 아이들은 자다가도 몸을 뒤척이며 깨어난다. 갓난쟁이는 땀띠가 돋아 바늘로 온몸을 딴 듯 붉다. 그가 자는 교도소는 이곳보단 낫겠지. 그녀는 칭얼칭얼 옹알이를 하는 갓난쟁이에게 부채질을 한다. 그녀의 가슴골로 또르르 땀이 흘러내린다. 아이들이 깊게 잠들면 그녀도 누울 생각이다. 불빛만 필요해 소리를 죽인 채 TV를 켜 놓았다. 그녀의 눈이 TV로 향한다.

화면 속은 어둠이 내리는 바다다. 흑인들이 사는 어느 어촌. 어둠과 한 빛인 새까만 아이들이 어두워 오는 바다에서 아직도 멱을 감고 있다. 모두 '빤스' 한 장만 입은 어린 소년들이다. 아이들은 우르르 뛰어가 물속을 곤두박질치거나 손으로 거칠게 물장난을 한다. 여럿이 한 아이의 머리를 물속에 박아 넣고 물을 먹이기도 한다. 그러다가 아이들은 재미있다는 듯 까르륵 웃는다. 활짝 웃고 있는 아이들의 치아가 어둠 속에서 하얗게 빛난다. 아이들을 비추던 카메라가 점점 멀어진다. 카메라 앵글이 점점 물러나며 시선이 아득해진다.

아득해진 시선 저 먼 곳에 하늘도 바다도 아이들도 하나로 뭉쳐진다. 그 위로 어두워지는 하늘 틈새의 한 줄기 검붉은 노을이 평화롭게 빛난다. 아이들은 집으로 돌아갈 생각이 없어 보인다. 깜깜한 어둠이 와도 아이들은 검은 물개처럼 그곳에 영원히 있을 것 같다. 한 점 티 없이 순결한 아이들. 화면 속으로 빠져들 듯 그녀의 눈이 반짝인다. 부채질하던 손이 잠시 멎는다. 저기가 어디지? 마침 화면 아래에로 자막이 떠오른다. 〈KBS스페셜. 아프리카 오지 탐방. 잔지바르의 아이들〉. 놀랍게도 그곳에 사라진 대길과 그녀의 아비와 그가 있다. 신기한 듯 그녀가 두어 번 눈을 껌벅인다. 그러고는 화면 속 아이들에게서 오래도록 눈을 떼지 못한다. 어느새 그녀의 눈가가 촉촉이 젖는다. 그녀는 생각한다. 그런데 그 바닷가의 아이들은 대체 어디로 갔을까.

누에

퇴근 후 그녀는 정물처럼 소파에 앉아 있었다. 그녀와 상관없이 아들 또한 제 방에서 꼼짝을 않았다. 냉장고 모터소리가 무거운 정적을 일정한 간격으로 흔들고 지나갔으나 모터소리가 지나고 나면 정적은 한결 더 두텁게 내려앉았다. 가게 일에 지친 탓일까. 그녀는 피곤한 기색이다. 피곤한 얼굴이 거실 창 앞에 놓인 유리관을 뚫어지게 바라보고 있다. 형광등 불빛이 조명처럼 그녀와 유리관을 공평하게 비춘다. 물빛으로 반짝이는 유리관. 그러나 수족관 같은 유리관에는 물도 물고기도 없다. 물과 물고기가 떠난 자리에는 뽀얀 누에가 탐스럽게 자란다.

불빛을 받아 누에와 뽕잎들이 말간 윤기를 낸다. 점점 움직임이 둔해지는 누에들. 해변의 흰 조약돌처럼 움직임이 없는 것들도 있다. 똑같은 양분과 햇볕과 바람에도 먼저 속을 익히는 과일처럼 벌써 네 잠을 자고 5령을 맞은 것들이다. 얼마 지나지 않아 이것들은 몸 안을 투명하게 비우며 쌀눈 같은 희미한 견사를 내리라. 쌀눈 같은 견사들은 무럭무럭 자랄 것이고 완성품처럼 단단한 고치를 만들 것이다. 누에고치. 그녀는 무거운 몸을 천천히 일으킨다. 무거운 몸은 단호하면서도 어딘가 쓸쓸해 보인다. 부엌으로 들어가 플라스틱 통 하나를 들고 나온다. 유리관 앞으로 다가간다. 무심한 얼굴로 유리관 안을 물끄러미 바라본다. 관 안으로 허리를 깊게 꺾어 넣는다. 익숙한 몸놀림이다. 먼저 익은 과일들을 따내 듯 움직임이 미약한 누에들을 손으로 집어내 플라스틱 통에 담는다. 하나, 둘, 셋, 넷……. 잘 익은 과일들이 멍들까, 누에를 집어내는 손놀림이 조심스럽다. 그때 아들이 방문을 밀고 나온다. 거뭇한 수염과 헝클어진 머리카락이 온통 얼굴을 덮고 있다. 욕실로 향하던 발걸음이 뚝 멎는다. 누에를 집어내고 있는 그녀를 바라본다. 입가가 서서히 일그러진다. 입술이 떨린다. 차가운 미소가 서늘하게 돋는다. 미소는 점점 얼굴 전체로 번져 오르고……. 송곳 같은 시선으로 그녀를 노려본다. 입에서 무슨 험한 소리라도 터져 나올 듯하다. 그러나 아들은 아무 말 없이 욕실로 들어간다. 욕실 문이 요란하게 닫힌다. 그 소리에 그녀는 잠시 움찔할 뿐 하던 일을 계속한다. 어느새 통통히 살이 오른 뽀얀 누에들이 플라스틱 통을 가득 채운다. 그녀는 그것을 들고 현관문을 나선다. 어둠을 더듬으며 아파트 주차장 구석에 설치된 음식물 쓰레기 수거함으로 간다. 큼직한 수거함의 사각 뚜껑을 열자 음식물 썩는 냄새가 코를 찌른다. 그녀는 코를 싸쥐고 플라스틱 통에 담긴 누에들을 와락 쏟아 넣는다. 썩는 음식물 속, 깊고 어두운 함 안으로 뽀얀 누에들이 처박힌다. 그것들은 안간힘 같은 마지막 성장을 멈춘 채 그곳에서 썩을 것이다. 무사히 일을 끝낸 사람처럼 그녀는 수거함 뚜껑을 닫고 돌아선다. 그리고 수거함 곁에 설치된 수돗가로 가 쪼그려 앉는다. 플라스틱 통에 뭐가 묻은 것도 아닌데 그릇을 씻고 또 씻는다.

그녀는 주머니에 손을 넣은 채 오래도록 한곳을 바라보고 서 있다. 아들은 아직 집으로 갈 생각이 없어 보인다. 봄이지만 새벽공기는 차다. 새벽산책을 마친 아들은 오늘도 공원 입구 화단 벤치에 앉아 있다. 고개를 푹 숙였다가 목을 빼고 주위를 두리번거렸다가 놀란 사람마냥 벌떡 일어났다가 앉았다가. 채 걷히지 않은 어둠 속에서 아들은 무대에 오른 무언극 배우처럼 관객을 향해 열심히다. 그러다 문득 뒤를 돌아본다. 꼭 그렇게 해야 한다는 듯이 뒤를 돌아볼 뿐이다. 그리고 그게 끝이라는 듯 자리에서 일어난다. 투덜투덜 길가로 걸어 나온다. 발걸음이 무겁다. 그 뒤를 그녀가 멀리서 조심

조심 쫓는다. 걸을 때마다 아들의 낡은 회색 운동복이 바람 빠진 풍선처럼 헐렁인다. 구겨진 운동화 뒤축에 아들의 푸른 발꿈치가 까딱까딱 느린 박자를 짚는다. 이제 서른을 넘긴 아들은 막 가출한 소년 같다.

정해진 수순처럼 아들이 먼저 집을 들어선다. 꽝! 육중한 현관문은 제 무게를 힘껏 밀어 스스로 단호하게 닫힌다. 순간 거실로 들어서려던 아들의 얼굴에 미세한 떨림이 인다. 현관문을 향해 홱 몸을 돌린다. 속을 알 수 없는 창백한 얼굴이 꽉 다물린 경첩을 한참이나 바라본다. 결심을 가진 사람처럼 걸림쇠 고리를 잡는다. 철컥! 경첩에 걸림쇠 고리를 건다. 걸린 걸림쇠를 잠시 노려본다. 희미한 미소가 입가를 스친다. 문 앞에 바싹 다가선다. 걸림쇠 고리를 검지에 건다. 꼬챙이로 개미구멍을 휘젓는 아이처럼 아들은 걸림쇠 고리를 소리나게 마구 흔든다. 손가락 끝에 짜증과 집요가 바들댄다. 얼마 후, 아들은 신경질적으로 걸림쇠 고리를 열어젖힌다. 아무리 구멍을 휘저어도 개미가 나오지 않아 골이 난 아이처럼 아들은 몹시도 화가 나 있다. 거칠게 신을 벗어던지고 거실을 오른다. 거실 창가의 유리관 앞으로 다가간다. 유리관 안을 들여다본다. 그새 누에들은 통통히 살이 올라 있다. 그것을 내려다보는 아들의 다물린 입술이 의뭉스레 비틀린다. 어금니를 앙다무는지 얼굴이 편육처럼 굳는다. 작은 손을 꼭 움켜쥔다. 움켜쥔 주먹이 유리관 위를 위태롭게 오른다. 손등 끝에 튀어나온 뼈들이 발끈거린다. 주먹은 차돌만큼이나 냉정하고 단단하다. 그러나 두꺼운 유리관을 상대하기에 아들의 작은 주먹은 어딘가 안쓰럽다. 아들의 윗니가 아랫입술을 질끈 깨문다. 이깟쯤이야. 악을 쓰듯 단단한 주먹이 좀 더 높이 오른다. 얼마 후, 유리관을 관통할 것 같던 주먹은 그만 힘없이 내려진다. 내려진 손이 유리관 옆면을 툭툭 친다. 유리관이 흔들리며 놀란 누에들이 몸을 움츠린다. 그것을 바라보는 아들의 입에서 헛웃음이 샌다. 헛웃음을 흘리며 아들은 제 방으로 들어간다.

아들이 다시 잠들었을 즈음이었다. 그 즈음이라는 걸 안다는 듯 현관문 경첩이 조심스럽게 돌아간다. 어깨를 옹그리고 그녀가 들어선다. 조용히 신을 벗고 아들 방으로 다가간다. 가만히 기척을 살핀다. 아무 소리도 없다. 아무 소리 없음이 그제야 그녀의 고요가 된다. 옹그린 어깨가 평화로운 수평으로 펴진다. 그러므로 오늘 하루도 무사히 지나갈 것이다.

안방으로 들어가 사파리 점퍼와 캡 모자를 벗어 걸고 나온다. 주방으로 가 손을 깨끗이 씻고 수건으로 꼼꼼히 닦는다. 뭔가 긴한 일을 앞둔 사람처럼 그녀는 사뭇 진지하다. 김치냉장고의 아래 칸을 연다. 신문지 뭉치 하나를 꺼낸다. 신문지 안을 헤쳐 펴자 썰린 뽕잎이 든 비닐 팩이 나온다. 그녀는 비닐 팩을 들고 거실 유리관 앞에 선다. 허리를 굽혀 유리관 안으로 썰린 뽕잎들을 조심스레 흩뿌린다. 며칠 전부터 그녀는 뽕잎을 듬뿍 내려 준다. 네 잠이 다가오는 이즈음의 누에는 허기진 사람마냥 뽕잎을 모질게 먹어 치운다. 갓 지은 쌀밥처럼 뽀얗게 살이 오른 누에들이 흩뿌려진 뽕잎 위에 고물고물 기어오른다. 초록 잎 사이로 가만가만 열리던 여린 오디처럼 기특하고 애처롭다. 손을 멈춘다. 허리를 펴고 창밖을 바라본다. 오디가 열렸던 그곳으로 또 가는 걸까. 먼 곳을 바라보는 그녀의 눈빛이 아련하다.

여자가 온 것도 아지랑이가 피어오르던 봄이었다. 여자가 오자 아버지도 왔고 아버지가 오자 아픈 엄마도 자리에서 일어났다. 엄마에겐 아버지만 필요했으나 아버지는 그 여자만 필요했다. 아버지를 불러들이기 위해선 아버지의 여자도 들여야 했다. 여자는 누에고치처럼 하얗고 아담했으며 부지런했다. 말이 없는 편이었으나 굳이 말을 하지 않아도 상관없었다. 엄마는 여자를 어려워했고 여자도 엄마를 어려워했다. 여자의 거절에도 엄마는 기꺼이 안방을 내주었다. 여자와 함께 집으로 돌아온 아버지는 예전과 많이 달랐다. 청년처럼 씩씩했으며 부지런했다. 헛간을 헐어 잠실(蠶室)을 늘이고 누에시렁과 채반을 손봤다. 누에시렁에 새로운 거적을 얹고 아버지는 다시 누에치기를 시작했다. 묵혀 두었던 논에 물을 대고 모를 심었다. 버려 두었던 뽕나무 밭에서는 새 눈 같은 뽕잎들이 조심조심 돋아났다. 산벚꽃이 피자 집엔 방마다 닫혔던 문들이 열렸다. 눅눅했던 집도 바람과 햇볕을 맞으며 윤기를 냈다.

어린 그녀는 아버지의 여자가 좋았다. 여자도 어린 그녀에게 친절했다. 아버지가 외출을 하고 없을 땐 여자와 함께 잠실에 들어갈 수 있었다. 여자와 함께 잠실에 들어가 누에에게 뽕잎을 줄 때면 무슨 특권이라도 얻은 듯 기뻤다. 뽕잎이 든 소쿠리를 들고 여자 뒤를 따라다니며 연신 코를 벌름거렸다. 엄마와 달리 여자에게서는 언제나 달콤한 향기가 났다. 그러나 아버지와 여자가 잠실에 들어가는 날에는 누구도 그곳에 들어가서는 안 되었다. 엄마는 어린 그녀에게 몇 번이고 그것을 일렀다. 그럴수록 어린 그녀는 여자와 아버지가 함께 있는 잠실이 궁금했다. 궁금할수록 잠실의 누에들은 무럭무럭 자랐고 9월이 다 갈 때까지 세 번이나 고치를 거둬들였다. 그렇게 집은 오래도록 풍요롭고 평화로웠다. 여자의 향기처럼 달콤했다.

달콤함을 즐기는 듯 그녀의 얼굴이 흐뭇하게 젖는다. 그러나 그것도 잠시, 서서히 미소가 걷힌다. 오늘도 그녀는 거기서 멈춘다. 향기가 사라진 그 너머로는 절대 가지 않는다. 언제부턴가 저 먼 곳의 기억은 그녀의 뜻대로 열리고 닫힌다.

무심한 얼굴로 부엌을 들어선다. 남은 뽕잎들을 싸서 김치냉장고 아래 칸에 다시 넣는다. 아들의 식사를 챙긴다. 냉장고의 반찬통들을 점검하고 냄비의 찌개를 살핀다. 전기압력솥에 쌀을 씻어 안치고는 3시간 후로 타이머를 맞춘다. 마지막 마무리로 그녀는 행주를 찾아 쥔다. 물이 몇 방울 튄 것도 아닌데 그녀는 몇 번이고 부엌 여기저기를 훔쳐 낸다. 어지간히 문지른 후에야 행주를 씻어 걸고 욕실로 향한다. 밥솥과 찌개 냄비만 보이는 부엌은 정갈하다 못해 냉한 기운이 돈다.

단정히 화장을 끝낸 그녀가 안방에서 나온다. 핸드백을 열어 2만 원을 꺼내 거실 탁자 위에 얹는다. 아들의 하루 용돈이자 아들을 읽을 단서다. 아들에겐 돈이 필요치 않다. 전자발찌를 착용하게 된 이후 아들은 새벽산책 말고는 외출을 거의 않는다. 돈을 달라고도 않는다. 출소 후 달라진 모습 중 하나다. 퇴근 후 그녀가 제일 먼저 점검하는 건 아침에 두고 간 2만 원이다. 대체로 2만 원은 아침에 두었던 그 자리에 그대로 있다. 아주 가끔, 2만 원이 보이지 않을 때가 있다. 그건 아들의 외출을 의미했다. 아들이 보이지 않을 때는 밤이든 새벽이든 그녀는 집을 나선다. 아들은 전자발찌의 주파수보다 그녀의 주파수 안에 있어야 했다. 그렇지 않으면 일이 몇 배로 커질 수 있기 때문이다.

골목 안쪽에 차를 세우고 가게 문을 연다. 문 위쪽에 걸어 둔 철제 종이 딸랑딸랑 맑게 운다. 문을 여는 것과 동시에 정면 벽시계를 올려다본다. 9시가 조금 넘었다. 일찍 서두르지만 출근은 매번 늦다. 일부러 집과 먼 곳에 가게를 얻었기 때문이다. 반찬가게는 아들의 아버지가 가고 나서 시작한 일이다. 아들이 다섯 살이던 해 겨울, 아들의 아버지는 처음의 그곳으로 돌아갔다. 처음의 그곳으로 돌아가기 위해 그녀에게 온 듯했다. 처음의 그곳이 포항이라는 것만 알뿐 그녀는 아들의 아버지를 찾아가지 않았다. 아들 또한 그랬다.

이곳으로 가게를 옮긴 건 5년 전이다. 집을 옮기면서였다. 언제나 둘은 동시에 이루어졌다. 그건 아들이 사고를 칠 때마다 있어 온 일이었다. 소문은 순식간이었다. 클수록 아들의 사고는 잦았고 언제부턴가 그녀는 태연히 이삿짐을 쌌다. 동네를 도는 소문처럼 그녀도 순식간에 동네를 떠났다. 음식 솜씨가 좋았으므로 새로운 곳에서도 장사는 문제없었다.

가스렌즈 위로 난 작은 창문을 열고 쌀을 씻어 안친다. 저녁까지 먹을 그녀의 하루치 밥이다. 식사는 늘 이곳에서 한다. 일 때문이기도 하지만 아들은 그녀와 밥을 먹지 않는다. 철이 들면서 그녀와 눈도 맞추려 하지 않았다.

여자는 업소용 대형 냉장고를 열어 반찬 재료들을 꺼낸다. 오늘은 새벽 장을 보지 않았다. 아들의 뒤를 밟는 날에는 이

틀 치 장을 미리 봐 둔다. 그건 어느새 습관이 되었다. 새벽시장을 보는 것은 그녀의 오랜 일상이었으므로 아들은 새벽 산책에 제 엄마가 자신의 뒤를 밟는다는 사실을 모르리라고 그녀는 생각한다. 스스로의 완벽함에 안심하는 그녀다.

그녀의 작은 손이 분주해진다. 12시가 되기 전에 냉장 진열장에 오늘의 메뉴들을 포장해 내놓아야 한다. 12시가 되기 전에 가게가 분빌 때도 있다.

뻭뻭뻭, 파악!

압력솥에서 김 빠지는 소리가 오늘도 어김없다. 그녀 없이 그녀가 아들을 깨우는 소리다. 아들은 희미하게 눈을 뜨다 이내 감아 버린다. 작고 창백한 얼굴에 긴 머리카락이 수초처럼 마구 휘감겼다. 그 사이로 감은 눈이 꿈틀거린다. 잠을 깨우는 그녀의 소리를 거슬러 수면 아래로 더 깊게 내려가고 싶은 걸까. 아들은 몹시도 뒤척인다. 그러나 실패는 자명했다. 실패를 수습하듯 아들의 손이 아랫도리를 깊숙이 찌른다. 오늘은 어떤 게 좋을까. 기억을 뒤적인다. 손이 수초더미 같은 머리를 마구 긁적인다. …… 여자 둘에 남자 하나. 저장된 그곳에서 오늘은 쓰리섬을 꺼낸다. 아들은 손으로 수초를 걷어내고 수면 위로 올라온다. 눈을 감은 채 반듯이 눕는다. 각 섬들은 고유의 모양새로 자리를 잡고 앉거나 눕는다. 각각은 제 포지션에 만족한 듯 점점 몸을 부풀린다. 드디어 쓰리섬은 나른한 소리를 내며 한 덩어리로 움직인다. 아들의 손이 아랫도리를 바삐 오간다. 아들의 입에서도 나른한 신음이 흐른다. 신음이 한 정점에 이를 즈음이었다. 감전이라도 된 듯 갑자기 손이 뚝 멎는다. 벌떡 몸이 솟구쳐 오른다.

"씨발!"

협탁 위 충전기 잭에 꽂힌 전자발찌를 집어 든다. 쓰리섬을 무너뜨린 게 그것이라는 듯 아들은 전자발찌를 침대 위에 내동댕이친다. 전자발찌에서 어둠 속을 염탐하는 짐승의 눈처럼 빨간 불이 연속 껌벅인다. 아들은 재빨리 전자발찌를 이불 속에 묻어 버린다. 빨간 불을 멈추게 하는 방법은 그것뿐이다. 갈수록 수음은 헛방이 된다. 침대를 내려온다. 짜증스러운 얼굴로 방문을 밀어젖힌다.

거실엔 밥 냄새가 가득하다. 더운 기운을 뿜으며 햇살이 유리관까지 밀려와 오골거린다. 유리관에 반사된 햇살 하나가 직선으로 달려와 아들의 눈을 날카롭게 찌른다. 아들은 눈살을 찌푸리며 손을 들어 햇살을 차단한다. 거실 문을 연다. 고여 있던 더운 기운이 열린 문틈으로 바삐 사라진다. 먼 허공을 본다. 13층에서 바라본 밖은 온통 반짝이는 햇살 천지다. 눈부시게 밝은 세상. 아들 입에서 한숨이 샌다. 고개를 돌려 힐끗 유리관을 본다. 부지런히 뽕잎을 먹고 있는 누에들. 아니, 벌레들. 아들은 사납게 미간을 올려 세운다. 유리관 앞으로 다가간다. 한참 관 안을 바라본다.

물고기가 유영하던 때가 언제였던가. 그녀 무릎에 앉아 그녀가 말하는 물고기 이름을 물고기 이름 같은 입술로 쫑알쫑알 따라했던 그때. 금붕어, 구피, 엔젤피쉬, 나비고기, 비단잉어, 구라미. 더 이상 무릎에 앉을 수 없게 되었을 때조차도 그녀는 아들을 보며 물고기 이름을 중얼거렸다. 중학교 2학년 때였지. 그 여자아이의 아빠에게서 뺨을 맞고 온 날 저녁, 수족관 속 물고기들은 아들 손에 죄다 건져 올려졌다. 도톰하게 살이 오른 노랑과 파랑과 은빛들이 거실에서 어지럽게 파닥거렸다. 아들의 작은 발이 그 어지러움을 더 어지럽게 짓밟았다. 노랑과 파랑과 은빛들은 입으로 배로 내장을 게워내며 즉사했다. 그 후 수족관은 아들이 대학을 졸업할 때까지 오래도록 비어 있었다. 2년 6개월을 살고 전자발찌를 찬 채 집으로 돌아왔을 때 수족관엔 새로운 주인이 들어와 있었다. 거뭇한 회색 털을 가진 누에 애벌레들. 이번엔 누에 애벌레들이었다. 누에들이 자라는 그곳은 더 이상 수족관이 아니었다. 아기 공주나 왕자의 침실 같은 투명한 유리관이 되었다. 그런데 이상한 것은 물고기들과는 달리 누에 애벌레들은 먼저 자란 순서대로 그녀에 의해 버려진다는 것이었다. 그리고 다시 새로운 애벌레들이 그곳을 차지했다. 그것들이 자랄 수 없는 겨울이 되면 그녀는 텅 빈 유리관을 오래도록 바라보았다.

아들은 어젯밤 그녀가 했던 것처럼 허리를 꺾고 관 안으로 손을 집어넣는다. 통통해 보이는 것들만 눈여겨 고른다. 그리고는 손으로 그것들을 하나씩 터트리기 시작한다. 누런 진액을 내며 다 자란 누에들이 관 안에서 짓이겨진 채 터진다. 갈수록 손끝은 예민하게 움직인다. 진액이 손끝에 진득하게 묻는다. 아들의 입에서 짐승의 울음 같은 이상한 소리가 터져 나온다. 얼굴이 묘한 웃음으로 일그러진다. 속이 터진 누에들이 어지간히 널브러진 후에야 아들은 손을 뺀다. 이상한 소리를 멈추고 유리관을 다시 살핀다. 만족한 듯 일그러트린 표정을 거둔다. 손가락에 묻은 누런 진액을 유리관 모서리에 쓱쓱 닦는다. 투명한 유리관이 얼룩진다. 유리관 벽면을 툭툭 두드린다. 태연한 얼굴로 부엌으로 간다. 개수대에 서서 물을 한껏 틀고 손을 씻는다. 가스 불을 켜고 찌개를 데운다. 배가 고픈 모양이다.

그녀는 절인 깻잎을 스텐리스 볼에 담아 냉장 진열장 안에 넣고 벽시계를 올려다본다. 허겁지겁 앞치마 주머니를 더

들어 휴대전화를 꺼내 든다. 오랜 신호음에도 아들은 전화를 받지 않는다. 긴 신호음이 끝나고 음성사서함이 들릴 때까지 그녀는 기다린다. 사서함이 열리고 그녀는 주절주절 말을 한다. 일어났느냐, 배고프지 않느냐, 냉장고에는 뭐가 있으며, 밥은 밥통에 새로 해 두었으니……. 자분자분하고 느린 말에는 조심스러운 염려도 섞여 있다. 수학여행을 떠난 아들을 챙기는 엄마들의 말투 같은. 그녀에게 아들은 매일매일 수학여행 중이었다. 그랬으므로 그녀는 매일 아들과 대화를 해야 했다. 음성사서함에 말을 담고 있으면 아들의 목소리가 저 멀리서 들려왔다. 네, 엄마! 네, 엄마! 비가 오든 눈이 오든 파란 배트맨 가방을 메고, 정확한 시각에, 그녀가 일러 준 똑같은 골목길을 걸어, 그녀 가게로 걸어오는 기특한 어린 아들. 그녀 얼굴에 흐뭇한 미소가 오른다. 그래 아들, 이제 엄마 전화 끊을게. 흡족한 듯 그녀는 휴대전화를 접어 넣는다.

힘차게 냉장고 문을 연다. 돼지고기 앞다리 살과 미리 해 둔 양념장을 꺼내 그 양을 살핀다. 돼지고기를 절일 것이다. 아들이 좋아하는 메뉴다. 그래서일까. 그녀의 돼지고기 절임은 기가 막힌다. 고추장을 넣어 만드는 그녀만의 양념장도 독특하고 맛있다. 두툼하게 썬 돼지고기를 두 시간만 양념장에 재우는 게 특징이다. 그래야 고기 맛과 양념 맛이 절묘하게 어우러진다. 절묘하게 절여진 고기는 그날 모두 팔아 버린다. 그러므로 많은 양을 하지 않는다. 돼지고기를 절인 날에는 몇몇 단골들에게 전화를 미리 넣는다. 오늘도 그럴 것이다. 그녀 손이 빨라진다. 적당 양의 고기를 들어내고 도마를 내린다. 고깃살에 잔칼질을 시작한다. 통통통통통통!

절여진 돼지고기를 진열장에 넣고 유리덮개를 얹는다. 알루미늄 판에 오늘의 메뉴를 커다랗게 적어 가게 앞 유리에 내건다. 일회용 비닐 팩에 알타리 무김치와 파김치를 몇 봉지 묶어 진열장에 넣는다.

그때였다. 출입문 열리는 종소리가 난다. 민지 엄마다. 아직 전화 전이었으므로 민지 엄마의 때 이른 방문이 그녀는 의아하다. 오늘은 민지도 함께 왔다.

"안 그래도 전화하려고 했는데. 고기 절였거든."

"그래요? 잘 됐네요. 오늘은 우리 민지가 아줌마한테 볼일이 있다고 해서 왔어요. 그렇지, 민지야?"

민지 엄마가 환한 얼굴로 민지를 내려다본다. 그러나 민지 얼굴엔 표정이 없다. 초점 없는 눈만 불안하게 움직인다. 민지 손에 조그마한 플라스틱 통이 아슬하게 들려 있다. 불안한 눈이 플라스틱 통과 제 엄마 얼굴을 쉴 새 없이 오간다. 할 말을 주저하는 아이처럼 머뭇거린다. 그녀는 무릎은 접고 일곱 살 민지만큼 몸을 내린다. 뽀오얀 얼굴이 부드러운 솜털 같다.

"우리 아가씨가 오늘은 통까지 들고 오셨네. 아줌마네 양념 고기가 그렇게 맛있어?"

그녀는 민지의 볼일을 그렇게 짐작한다. 눈을 맞추려 초점 없는 민지 눈을 좇는다. 그런데 민지 눈이 그녀 눈에서 자꾸 비켜난다. 그래도 그녀는 포기하지 않는다. 그게 싫었던지 민지는 제 엄마 뒤로 가 몸을 감춘다. 제 안에 갇혀 밖을 나오지 못하는 민지. 태어나면서부터 그랬다. 민지 엄마는 민지를 세상 밖으로 끄집어내려 무던히 애를 썼다. 그런 민지 엄마에게 누에를 키워 보길 권한 건 그녀였다. 올 봄, 누에 분양이 막 시작될 즈음이었다. 보은 누에 농장 전화번호를 적어 가면서 민지 엄마는 그녀에게 몇 번이고 고맙다는 말을 했다.

"아줌마한테 준비한 선물 드려야지. 민지야."

민지 엄마가 뒤로 숨은 민지를 달래듯 앞으로 내세운다. 민지가 비적거리며 앞으로 나온다. 초점 없는 눈으로 들고 있던 플라스틱 통을 그녀에게 내민다.

"션믈."

"선 물 입 니 다."

민지 엄마가 민지 말을 곧바로 수정한다. 민지는 플라스틱 통을 얼른 건네고는 또다시 제 엄마 뒤로 가 숨는다.

"민지가 정성스럽게 키운 겁니다. 덕분에 정말 예쁜 누에고치가 탄생했어요."

민지 엄마 말에 플라스틱 통을 열려던 그녀 손이 움찔 멈춘다. 뭔가를 들킨 사람처럼 갑자기 곤혹스러운 얼굴이 된다. 그런 그녀를 바라보는 민지 엄마 얼굴에도 의문이 담긴다. 그 의문을 그녀가 본 걸까. 그녀는 얼른 표정을 지운다.

"민지 엄마, 내가 지금 음식 만드는 중이라. 나중에, 내가 나중에 볼게요. 양념이라도 튀면 어째?"

열려던 플라스틱 통을 얼른 닫아 탁자 위에 얹는다. 허둥대며 반찬 진열장을 열고 비닐장갑과 팩을 집어 든다. 빠른 손놀림으로 양념된 돼지고기를 담는다. 민지 엄마는 의아한 눈빛으로 그녀를 지켜본다. 엄마 뒤에 숨은 민지는 몸을 반쯤 내고 탁자 위에 놓인 플라스틱 통을 뚫어져라 바라본다.

"자, 여기. 두 시간 쯤 뒀다가 불에 올려야 맛있어요. 막 절였거든. 맛있게 먹어라 민지야?"

얼떨떨한 표정으로 민지 엄마는 고기가 든 검은 비닐봉지를 건네받는다. 그녀를 이해할 수 없다는 듯 민지 엄마 얼굴에 맥락 없는 표정들이 마구 섞인다.

"민지야 아줌마한테 인사하고 이제 그만 가야지?"

좀 전과 달리 민지 엄마 말이 어딘가 뚱하다.

"안뇽히 계……, 저거 예뻐. 예뻐 눈이……."

엄마 뒤에서 나온 민지가 손가락으로 플라스틱 통을 가리키며 무슨 말인가를 더 하려 한다. 말은 다급한데 쉽지 않다. 그런 민지의 손을 민지 엄마가 낚아채듯 잡는다. 화난 사람처럼 입구 유리문을 민다. 갑작스러운 힘에 철제 종이 유리문에 부딪히며 깨질 듯한 소리를 낸다.

"또 와요, 민지 엄마!"

요란한 종소리에 그녀의 마지막 말이 묻힌다.

민지 엄마가 가고 나자 그녀는 딴 사람이 된다. 무서운 눈으로 누에고치가 든 통을 노려본다. 끔찍한 무언가를 바라보는 사람처럼 얼굴이 험하다. 그녀는 플라스틱 통을 집어 든다. 버릴 물건처럼 탁자 아래 구석진 곳으로 던지듯 내려놓는다.

양념된 돼지고기를 들고 그녀가 집을 들어선다. 잘 익힌 연한 고깃살을 숟가락에 얹어 주거나 입에 넣어 주면 곧잘 받아먹던 아들. 젖살을 오물거리며 맛나게 씹던 모습이 아직도 선하다. 아들은 고기라고는 이것밖에 먹지 않는다. 집을 오가던 골목길이 한결같았듯 이것 말고는 먹어 본 게 없었으므로 어쩌면 그건 당연한 일인지도 모른다. 그들 모자에겐 온통 당연하고 당연한 일뿐이었으니까. 장난감도 동화책도 옷도 길도 목욕도. 물고기가 떠난 수족관에 당연하다는 듯 누에가 자라는 것처럼. 알맞게 재단된 맞춤형 삶에 균열이 난 건 벌써 오래 전이었음에랴. 오늘은 다 자란 누에를 몇 마리나 또 집어낼지.

거실 불을 켜고 일상처럼 아들을 점검한다. 오늘은 현관에 벗어놓는 신발도 탁자 위 2만 원도 없다. 외출을 한 모양이다. 그녀는 얼른 아들 방문을 연다. 전자발찌와 휴대전화를 찾는다. 모두 다 침대 옆 협탁에 얌전히 놓여 있다. 이것들을 죄다 두고 아들은 외출을 했다. 심장이 뛰고 호흡이 가빠 온다. 거실로 나온다. 정면 유리관이 눈에 들어온다. 깨끗하게 닦아 놓은 유리관 벽면이 얼룩덜룩하다. 그녀는 놀란 눈으로 유리관 앞으로 다가간다. 속이 터진 누에가 유리관 가장자리에, 벽면에 짓이겨진 채 지저분하게 묻어 있다. 순간 숨이 멎는다. 스스로 처절히 분사(憤事)한 주검처럼 죽은 누에들이 오히려 생생하고 또렷하다. 못 볼 것을 본 것처럼 그녀는 그것을 애써 외면한다. 아픔을 삼키듯 지그시 눈을 감는다. 크게 숨을 들이켰다 뱉으며 눈을 뜬다. 거실 벽시계를 본다. 11시 20분을 지나고 있다. 그녀는 허겁지겁 현관을 나선다.

우선 가까운 PC방부터 훑는다. 조급한 마음 때문일까. 머리가 좀 길다 싶은 남자는 다 아들로 보인다. 아파트촌이 끝나는 곳의 PC방에서도 그녀는 아들을 찾지 못한다. 농협이 있는 사거리로 걸음을 옮기려는데 PC방 건물 1층 편의점에서 아들을 본다. 아들은 편의점 창가에 앉아 컵라면을 먹고 있다. 그녀는 안도의 한숨을 내쉬며 가슴을 쓸어내린다. 양 입술을 굳게 다물며 마른침을 삼킨다. 다행히도 오늘은 이쯤에서 그녀 안에 아들이 가두어진다. 그녀는 곧장 편의점 출입구 쪽으로 걸어간다. 그런데 편의점으로 들어갈 듯하던 발길이 문득 출입구 왼편으로 돌려진다. 그녀는 건물과 건물 사이의 어두운 빈 공간에 몸을 숨긴다. 몸을 반쯤 빼고는 아들을 살핀다. 라면을 먹으면서도 아들은 카운터로 자주자주 눈을 준다. 머리가 긴 뒷모습으로 봐 카운터를 보는 건 여자애다. 두근거리던 그녀 가슴이 마구 뛰기 시작한다. 그만 심장이 멎을 것 같다.

얼마 후, 아들이 손바닥으로 입을 닦으며 밖으로 나온다. 곧장 어딘가로 가지 않고 편의점 문 앞에 서서 머뭇거린다. 갈 곳이 없거나 길을 잃은 사람처럼 서성인다. 하룻밤 잘 곳이 걱정인 가출 소년처럼 아들은 침울해 보인다. 사방을 몇 번이고 두리번거린다. 그러다 발걸음이 집 반대쪽을 향해 옮겨진다. 길을 따라 그냥 가 보자는 듯 걸음은 느리고 헐겁다. 바닥을 쓸듯 뒤축이 접힌 운동화가 긴 여운으로 끌린다. 일렁이는 아들의 작은 그림자가 그 뒤를 흐릿하게 따라간다. 얼마를 그렇게 걸었을까. 무슨 생각에서인지 갑자기 아들의 걸음이 빨라진다. 왜소한 체구가 바람에 떠밀려 오르는 비닐처럼 가볍다. 그녀 걸음도 빨라진다. 그러나 앞서 달려가는 아들의 보폭은 어딘가 계산된 듯 정확하다.

한참을 달려가던 아들은 오래된 주택들이 밀집한 동네로 들어선다. 재개발 소문만 무성한, 적의의 검은 함정처럼 띄엄띄엄 빈집들이 숨은 곳이다. 와 봤던 곳인 듯 아들의 걸음은 익다. 불빛이 질펀한 가게 앞에 선다. 또다시 주위를 두리번거린다. 가게 오른편으로 여러 개 좁은 골목들이 나 있고 그 골목 양편으로 주택들이 있다. 아들은 무엇을 찾는 듯 주위를 두리번거린다. 무엇을 찾은 것일까. 세 번째 골목으로 황급히 꺾어 든다. 그것을 본 그녀가 아들을 쫓는다. 아들을 놓쳐 버릴까, 그녀는 달리기 시작한다. 얼마를 달렸을까. 갑자기 아들의 걸음이 느려진다. 일부러 술래에게 잡히려는 아이처럼 천천히다. 아들 앞, 저 멀리로 누군가 걸어간다. 아들이 찾은 건 아마도 저것이리라. 치마를 입고 배낭 모양의 가방을 멘 것으로 봐 앞서가는 사람은 여학생임이 틀림없다. 아들은 공포를 부풀리 듯 일부러 발소리를 드높인다. 주머니에 손을 찌르고 고개를 숙인다. 여자애가 자꾸 뒤를 힐끔대며 걸음을 재촉한다. 여자애가 골목을 막 빠져나갈 즈음이었다. 그녀의 발걸음도 아들에게 거의 와 닿을 무렵, 아들이 여자애에게 다가서며 팔을 확 낚아챘다.

"어어, 엄마!"

여자애가 겁에 질린 소리를 지르며 달아나지도 못하고 그 자리에 털썩 주저앉는다. 그와 동시였다. 그녀가 달려든다. 아들의 팔을 세게 잡아 흔든다.

"형철아! 형철아!"

아들은 가만히 뒤를 돌아본다. 그녀를 바라보는 얼굴이 담담하다. 표정 하나 없이 말끔하다. 무슨 일 있었냐는 듯 잡고 있던 여자애의 팔을 스르르 놓는다. 그리고는 유유히 골목을 빠져나간다. 그런 아들이 그녀는 의아하다. 아들은 금세 어둠 속으로 사라진다. 그녀는 주저앉은 여자애를 일으켜 세운다.

"이제 괜찮다. 괜찮아. 어서 집에 가거라."

그녀가 현관문을 열자마자 아들의 방문이 벌컥 열린다. 기다렸다는 듯 아들의 말은 단말마처럼 쏟아진다.

"뭐야? 엄마가 뭐냐고오? 경찰도 모자라서 엄마까지 나를 쫓아다녀? 새벽에도 나를 따라다니잖아! 또 따라다닐 거야? 집에 못 들어오게 문 확 잠궈 버린다? 더 또라이 새끼 돼 보까? 내가 아직도 저 벌레 새낀 줄 알아?"

아들은 점점 끓어오른다. 팽팽한 분노의 선이 긴장을 견디지 못하고 끊어질 것 같다. 아들은 씩씩거리며 제 방으로 도로 들어간다. 휴대전화와 전자발찌를 들고 나온다. 작은 손에 들린 그것들은 유리관을 향해 조준된다.

"아이고!"

그녀는 뒤돌아서서 눈을 감는다.

"꽝! 쨍그랑!"

굉음과 함께 유리관이 부서진다. 거실 바닥으로 날카로운 유리조각들이 낭자하게 흩어진다. 그 위로 잎맥만 남은 뽕잎과 꼬물거리는 누에들이 뜬금없는 물건처럼 지저분하다. 전자발찌에서 난 듯한 희미한 경보음이 마지막 발악처럼 짧게 울렸다 멈춘다. 눈을 꼭 감고 서 있는 그녀는 냉해 든 나무처럼 새파랗게 뜰 뿐이다.

모든 게 부서졌음을 확인하고서야 아들이 제 방으로 들어간다. 문소리가 나자 그녀는 번쩍 눈을 뜬다. 거실 창을 향해 돌아선다. 산산조각 나 버린 유리관. 그녀는 입을 다물지 못한다. 크게 벌어진 입에서 탄성 같은 외마디가 밖으로 새지 못하고 안으로 삼켜진다. 간혹, 겨우 터지는 소리처럼 그녀의 가슴 어딘가에서 아픈 소리가 새는 것 같기도 하다. 그러나 그녀는 그러고 있을 때가 아니라는 듯 급히 무언가를 찾는다. 유리조각이 흩어진 거실 창 앞으로 조심조심 다가간다. 깨진 전자발찌의 검은 플라스틱 파편들을 골라낸다. 한 조각도 빠트리지 않으려 그녀는 구석구석을 살핀다. 파편이 더 이상 보이지 않자 그녀는 서랍장으로 가 종이가방 하나를 꺼낸다. 그것들을 빠짐없이 종이가방에 담는다. 그러고는 종이가방을 탁자 위에 얹는다. 엉망이 돼 버린 거실을 그대로 둔 채 안방으로 가 자신의 휴대전화를 연다. 전자발찌의 이상을 감지한 경찰이 경광등을 번쩍이며 아파트 입구를 들어서기 전에 먼저 신고하는 게 옳다는 걸 그녀는 이미 알고 있었다. 휴대전화의 연락처에서 담당 형사의 전화번호를 누른다. 전처럼 고해성사를 하듯 아들의 소재와 전자발찌의 상태와 훼손 사유를 말한다. 익숙한 듯 통화는 은밀하고도 짧다. 그녀는 휴대전화 폴더를 닫고 경대 서랍에서 흰 봉투 한 장을 낸다. 지갑 속 현금을 모두 꺼내 센다. 두툼한 목욕비가 일을 단순 사고의 벌금형으로 만든다는 것도 그녀는 잘 알고 있었다. 뿐만 아니었다. 명절 때마다 고가의 선물을 따로 준비해 둬야 했다.

신고를 하자마자였다. 경찰관 두 명이 집으로 들이닥친다. 유리 조각들을 한 곳으로 치우고 있던 그녀는 애써 침착한 모습을 보인다. 경찰관은 먼저 아들의 방문을 열고 소재부터 파악한다. 아들은 꿈쩍 않고 누워 있다. 아들을 확인하고서야 경찰관은 안도하는 모습이다. 그때서야 낭자한 거실을 바라보며 놀란다. 알고도 남겠다는 듯 경찰관 하나는 혀를 차며 그곳에서 시선을 거둔다. 탁자 위에 놓인 종이가방 속 파손된 전자발찌를 점검한다. 잔뜩 인상을 구기며 그녀를 바라본다. 소파에 앉으며 저번처럼 경위서를 펼친다. 그녀를 올려다보며 자초지종을 묻는다. 물음엔 굳이 뭔가를 알아내겠다는 의지 따윈 없어 보인다. 그래서일까. 그녀는 지난번과 똑같은 파손 사유를 반복한다. 경위서에 뭔가를 적고 있던 경찰관의 손이 갑자기 멎는다.

"…… 아니, 아줌마. 이걸 또 누가 믿어 주겠어? 아줌마 같으면 믿겠냐고!"

답답하고 곤란하다는 말일 텐데 그녀조차 범죄자 취급이다. 그녀는 벌 받는 아이처럼 어깨를 웅송그리고 탁자 귀퉁이에 앉아 있다. 같은 파손 사유는 누가 봐도 고의적인 것이 될 것이다. 경찰관은 생각에 잠긴다. 잔뜩 올려 세운 미간에 피곤과 성가심이 잔뜩 고여 있다. 그러는 사이 다른 경찰관 하나가 깨진 유리조각들 사이에서 놀라운 뭔가를 발견한 듯 목소리를 높이며 그쪽으로 다가간다.

"야, 이거! 이게 뭡니까? 누에, 누에 아닌가? 이게 왜 여기 있는데? 캬, 참 웃기는 집이네!"

별난 아들만큼이나 별난 여자고 별난 집이란 말일 것이다. 그녀는 못 들은 척 경위서만 뚫어지게 내려다본다. 누에라는 말에 적이 놀란 걸까. 인상을 구기고 있던 경찰관이 그녀를 이상한 눈으로 바라본다. 눈빛에 경멸이 묻어 있다. 이상한 여편네야. 다문 입술 한쪽을 비틀어 올리며 다시 경위서에 눈을 박는다.

"이 경사! 거, 4지구 박재형 씨가 벨트 결함으로 인한 파손이라고 그때 그랬지?"

"…… 아마 그럴 걸요?"

이번엔 잠금 벨트 장치 결함으로 인한 흘러내림이 파손 사유가 된다. 비슷한 사례가 있어 다행이라는 듯 경찰은 막힘없이 경위서를 채운다. 그녀에게도 인지시킨다. 혹 다른 누군가가 묻더라도 그렇게 말하라는 뜻이다. 말이 어긋나면 곤란해질 수 있기 때문이다. 그녀는 경찰이 시키는 대로 작성된 경위서를 읽고 하단에 아들을 대신해 사인을 한다. 그리고 마지막 순서처럼 준비해 둔 흰 봉투를 경위서 위에 슬쩍 얹는다. 경찰관은 주저하는 몸짓을 조금 보이다 경위서를 반으로 접어 흰 봉투를 속지처럼 감싼다.

"이번이 마지막입니다. 꼬리도 길면 밟히잖아요. 아들한테도 그렇게 말해 주세요."

경찰은 파편이 든 종이가방을 들고 일어선다. 그녀는 현관에서 그들을 보낸다. 사람들을 의식해 아파트 복도까지는 나가지 않는다.

그들이 가고 나서 그녀는 하염없이 소파에 앉아 있다. 거실을 치울 생각도 그럴 힘도 없다. 사라진 유리관이 아직도 거기에 있는 듯 그녀는 거실 창을 오래도록 바라본다. 너무 지친 탓일까. 얼마 지나지 않아 그녀는 소파에 기대 스르르 잠이 든다. 한낮같이 거실 불을 켜 둔 채로.

또 늦은 출근이다. 얼른 반찬을 해 진열장에 넣어야 할 텐데. 그녀는 후딱 열쇠를 비틀어 가게 문을 연다. 철제 종이 맑게 운다.

가게에 들어선 그녀는 아연 놀라고 만다. 믿을 수가 없다. 흰 눈이 쌓인 듯 가게 안이 온통 하얀 누에고치들로 가득하다. 반찬 진열장 안에도 식탁 위에도 식탁 아래에도 작고 하얀 솜뭉치들이 산을 이루었다. 어디선가 좋은 냄새도 흘러나온다. 달콤하고 향기롭다. 문득 그녀는 어제 민지가 주고 간 누에고치가 생각난다. 구석진 곳에 내려 두었던 플라스틱 통을 찾기 시작한다. 식탁 아래 쌓인 누에고치들을 헤집는다. 쌓인 이것들을 헤집는 것도 여간 힘이 들지 않다. 팔도 눈도 아파온다. 아무리 헤집어도 플라스틱 통은 나오지 않는다. 자신이 진정 거기에 내려두었는지 의심이 갈 정도다. 한참을 찾다 그녀는 포기하고 만다. 그런데 얘들은 어디서 온 걸까. 이 향기는 무엇이며. 그녀는 더 깊게 숨을 들이킨다. 향기는 머릿속을 어지럽게 흔든다. 잊힌 기억이 되살아나듯 그녀 몸에서 향기가 피어오른다. 어디선가 보고 듣고 만졌던 향기. 그래, 그 여자의 향기다. 향기가 사라진 후 여자는 다시 오지 않았고 엄마는 땅속에 묻혔는데. 그렇다면 이것들은 아버지와 여자가 사라진 그 너머에서 온 것인가. 그녀는 향기가 사라진 그 너머로 조심조심 걸어간다. 그곳에도 산벚꽃이 피고 방마다 닫혔던 문들이 열린다.

환불

운동장으로 가고 있었다. 늘 그렇듯 라디오에 귀를 열어 두고서였다. 주파수는 고정돼 있었으므로 이어폰을 귀에 꽂기만 하면 되었다. 고정된 주파수에서는 어제처럼 팝음악이 흘렀다. 팝음악을 전하는 DJ는 장기 근속자처럼 그곳에서 일을 했다. 햇수로 28년 째였다. 너무 더워서일까. DJ는 음악 사이사이, 날씨에 대한 멘트를 잊지 않았다. 더운 건 거기도 마찬가지였다. 더워도 누구나 밥을 먹듯 나는 운동을 했다.

건널목에서 신호를 기다리고 있을 때였다. 아스팔트에서 단내 같은 열기가 훅 끼쳐 올라왔다. 나는 눈살을 찌푸리며 하늘을 올려다봤다. 폭우 이후 태양은 연일 집요했다. 살이 녹아 내릴 것 같았다. 사람들은 헉헉대며 길을 걸었다. 그들 모두는 혀를 길게 빼문 개처럼 보였다. 그런 생각이 드는 것과 동시였다. 입은 운동복에서 무슨 냄새가 났다. 나는 얼른 가슴팍으로 고개를 숙였다. 그리고 킁킁, 개처럼 냄새를 맡았다. 그러다 얼른 주위를 살폈다. 그런 나를 누군가가 보고 있지 않을까, 염려스러웠다. 다행히 아무도 보고 있지 않았다. 냄새는 쉰내였다. 어제 새로 입은 운동복임에도 그랬다. 역시 폭염이 문제였다. 냄새의 정체를 확인한 나는 운동을 하고 집으로 돌아와 모아 둔 빨래들과 함께 세탁기를 돌려야겠다고 생각했다. 그때였다. 신호가 바뀌었고 나는 건널목을 건너기 위해 아스팔트로 내려섰다. 라디오에선 Audioslave의 'I am the highway'가 끝나가고 있었다. 곧이어 '오늘의 메시지' 코너가 이어졌다. 그러므로 오후 6시 30분 즈음이었다.

"4천 5백만 년 전 지구에 처음 등장한 낙타는 수천만 년 동안 북미 대륙에서 살았다. 낙타의 사막 이주는 약 180만 년 전에 있었던 '지구 빙하기'라는 위기 때문이었다. 물도 부족하고 먹이 구하기도 어려울 뿐 아니라 극심한 기온 변화로 다른 생물들이 외면하는 사막으로 낙타는 갔다. 다른 생물들이 기피하는 혹독한 생존환경이지만 그걸 견뎌 낼 수 있다면 사막은 약육강식의 세계에서 약자가 택할 수 있는 가장 안전한 땅이었기 때문이다. 거기에는 잔인한 포식자도, 먹이 확보를 위해 경쟁을 벌일 다른 동물들도 없다. '살기 어렵다'는 말은 견뎌 낼 수만 있으면 충분히 살 수 있다는 말이 된다. 북미 대륙을 떠나 사막으로 간 낙타. 그는 위기를 만났지만 그걸 기회로 삼아 생존경쟁의 승리자가 되었다."

DJ가 전하는 낙타는 높은 신념을 가진 망명자 같았다.

그런가? 그게 시작이었다. 혀 밑으로 우르르 말들이 고였다. 약자가 선택할 수 있는 가장 안전한 땅이 사막이라고? 생존을 위한 경쟁보다 외로움이 더 견딜 만하다고? 낙타가 그렇게 말했다고? 생존 경쟁에서 벗어난 낙타는 그래서 지금 행복하다고? 고이는 말들에 나는 잠시 골몰했다. 그랬으므로 오늘의 메시지 끝에 이어진 음악은 들리지 않았다.

얼마 후였다. 앵앵앵앵! 귀를 찢는, 난데없는 경보음이 저 멀리서 달려들고 있었다. 낙타에 대한 생각은 거기서 멈추었다. 나는 경보음이 달려드는 쪽으로 퍼뜩 고개를 돌렸다. 저 멀리서 붉은 경광등을 흔들며 납빛 승합차가 달려오고 있었다. 경광등엔 '불법 주정차 단속 중입니다'란 붉은 글자가 단말마처럼 흘렀다. 흐르는 붉은 글자들을 이고 납빛 승합차는 좌회전을 했다. 납빛 승합차가 달려가는 곳은 내가 가려는 초등학교 정문 쪽이었다.

"동원순대! 차 빼요, 차 빼! 거 닭차도 빼고. 에이! 다마스! 거도 빼소! 웽웽웽웽!"

갑자기 사거리는 적의 기습을 받은 전지로 변했다. 처음 보는 광경이었다.

내가 사는 아파트 초입의 사거리는 늘 사람들로 붐볐다.

소형 마트를 비롯해 상가들이 밀집해 있기 때문이었다. 사거리 중 유독 붐비는 곳은 몰운대 아파트로 올라가는 길목이었다. 저녁이면 그 길가로 각종 장사 차량들이 모여들었다. 그들이 노리는 것은 퇴근 후 저녁 찬거리를 사러 마트를 들르는 사람들이었다. 분주한 그들을 향해 황급히 달려온 납빛 승합차는 경고 메시지를 긴급히 날렸다. 뜬금없는 일이었다. 각종 장사 차량의 주인들이 일손을 멈추고 천천히 납빛 승합차로 모여들었다. 다급한 경고 메시지와는 달리 그들의 발걸음은 느긋했다. 웬일이냐는 거였다. 그곳을 지나는 사람들은 갑작스러운 소란에 걸음을 멈추고 납빛 승합차로 시선을 던졌다. 그러나 동원순대 아줌마는 보이지 않았다. 사람들이 모여들자 납빛 승합차에서 건장한 사내 둘이 내렸다.

"아이 씨바! 여서 우리가 장사 한두 번 한 것도 아닌데, 와 차 빼라 카요?"

한방 바비큐 아저씨가 납빛 승합차에서 내린 사내들에게 대들었다. 그는 트럭에 가스 오븐 장치를 해 달고 즉석으로 닭과 삼겹살을 구워 팔고 있었다. 그날도 가지런히 꿰인 희멀건 고기들이 기름을 질질 흘리며 천천히 돌고 있었다.

"주민 신고가 들어왔어요. 철수하쏘!"

"누가? 언 놈이? 언 놈이 신고했더노?"

바비큐 아저씨는 아니래도 더워 죽을 판인데 숫제 불을

들이댄다는 듯 악을 썼다. 납빛 승합차에서 장정 두 명이 더 내렸다. 그러자 도로 건너편의 과일 차 아저씨가 신호를 무시하고 툴툴 도로를 건너왔다. 만두 차와 다꼬야끼 차의 주인 둘도 합류했다. 곧 무슨 큰일이 벌어질 것 같았다. 납빛 승합차에서 내린 장정 중 하나가 동원순대 아줌마 차로 다가갔다.

"철수하라는데 말 안 들려요! 솥단지 빼 가까요?"

사내의 말은 협박조였다. 솥단지 앞에 앉아 있던 동원순대 아줌마가 트럭 뒤로 뛰어내렸다.

"뭐이 어더래? 이 새끼, 어데서 지랄들이야! 내 돈 주고 내가 산 솥단지를 니가 와 빼가! 담당 형사도 이그이 장사한다고 하니까니 하지 말라 안 했스이! 힘내서 잘 해보라 했는데 뭐이 어더래? 철수하라? 못 해!"

동원순대 아줌마는 사내보다 더 목소리를 높였다. 사내도 지지 않고 차 빼라는 소리만 반복했다.

"야이, 이 새끼들아! 서울에서 부산까지 이런 차들 장사 다 안 하면 나도 안 해! 그리고 이런 게 불법이면 와 이런 차들 만들어 팔아? 그것부터 단속해야지. 나쁜 새끼들! 이게 무슨 놈의 사람 사는 세상이더래! 솥단지 빼 가면 내레 도로 북으로 간다이! 나 판문점으로 해서 북으로 간다 이 말이다이!

"북으로 가든 남으로 가든 그건 아줌마 맘대로 하고요, 일단 차 빼소!"

"신고한 사람, 이브미장원 저 여자지? 맞지? 내 다 안다이!"

동원순대 아줌마는 맞은편 2층의 이브미장원을 가리켰다. 저녁 사거리는 악다구니들로 벌겋게 달아올랐다. 더하여 8월의 저녁볕은 독주처럼 뜨거웠다.

그러든지. 나는 거리의 소음으로부터 귀를 닫았다. 오래전 북미 대륙의 밀림 속을 걸어 나오는 냉담한 낙타처럼 나는 천천히 교문을 향했다. 걔는 그곳이 어떤 곳인지 알고나 갔대? 낙타에 대한 의문의 말들이 다시 이어졌다. 저녁 태양은 집요하게 나를 따라와 긴 그림자를 만들었다. 낙타 같은 긴 그림자를 앞세우고 나는 살을 빼기 위해 근엄히 운동장으로 들어갔다.

내가 운동을 마치고 나왔을 때 납빛 승합차는 보이지 않았다. 사거리는 무슨 일 있었냐는 듯 조용했다. 여느 때처럼 동원순대 아줌마는 가마솥에서 김이 오르는 순대를 꺼내 썰고 있었고 한방 바비큐의 고기들도 부지런히 돌고 있었다. 다코야끼 차 앞에는 사람들이 줄을 서 있었고 올려다본 이브미장원의 2층 창엔 불빛이 밝았다.

동원순대 아줌마는 북에서 왔다. 큰길과 교문 사이에 난 빈 공터가 그녀의 저녁 일터다. 이곳에서 그녀는 순대를 판다. 순대는 부전시장에서 가져온다고 했다. 내가 두 번째로 순대를 사러 갔을 때였다. 순대의 출처를 묻는 내게 그녀는 그렇게 대답했다. 그러므로 그녀의 아담한 포트 트럭은 순대 장사에 맞게끔 개조되어 있다. 개조된 트럭에는 LPG 가스통이 위험하게 실려 있고 여기에 연결된 불판 위에는 시커먼 가마솥이 얹혀 있다. 커다란 가마솥은 얼핏 시골 부엌을 연상케 한다. '엄마가 직접 한 시골 순대. 맛보시라요.' 가마솥을 얹은 이유는 아마 그것인 듯했다. 그러나 내가 맛본 그녀의 순대는 엄마가 직접 한 시골 맛은 없었다.

며칠 뒤, 딸아이의 야식을 위해 나는 그녀의 포트 트럭을 다시 찾았다.

"어디가 살기 더 좋아요?"

순대가 다 담기길 기다리며 나는 별 뜻 없이 한마디 던졌다. 그녀는 기다렸다는 듯 줄줄 말을 이었다. 때맞추어 미끼를 던진 셈이었다.

"…… 여긴 경쟁이 너무 심해. 가난해도 마음 편한 곳은 오히려 북한이더래. 거긴 똑같이 먹고 입으이……."

순대 썰던 손을 잠시 멈추고는 나를 뚫어지게 바라봤다. 쌍꺼풀 짙은 눈이 예뻤다. 그런가요? 나는 그녀의 눈을 바라보며 무심히 속말을 했다. 그러니까 그 DJ가 전하는 '오늘의 메시지'에 따르면 그녀가 떠나온 그곳은 견딜 만한 곳이었다.

몸이 회복되고 나서부터 나는 예전으로 돌아왔다. 아침 10시가 되면 도서관으로 갔고 오후 5시가 되면 집으로 왔다. 점심은 도서관 식당에서 사 먹었다. 나는 쓰다 만 소설을 다시 쓰기로 했다. 소설 쓰는 일 말고는 달리 할 일이 없었다.

언제부턴가 나는 저녁 6시라는 시각에 민감해져 있었다. 수술 후 급격히 불어난 체중 때문이었다. 저녁밥은 결코 6시를 넘겨서는 안 되었다.

올 봄, 나는 자궁적출 수술을 받았다. 몇 년간 무사했던 근종이 갑자기 커졌기 때문이었다. 건강을 위해 6개월 동안 달아 먹은 홍삼이 문제였다. 홍삼을 먹은 건 어디까지나 건강을 위해서였다. 마흔이 넘자 나의 건강은 밥만으로는 다스려지지 않았다. 그건 기우일 뿐이라며 남편은 나를 건강염려증후군 인간으로 분류했다. 밥도 겨우 먹는 사람들 많거든? 나는 남편의 말을 마음에 두지 않았다. 남편의 잔소리를 뭉개고 홍삼을 먹은 지 다섯 달이 지났을 때였다. 아랫배가 묵직하니 당겨 왔다. 생리일이 가까워지자 걷기조차 힘들었다. 수년간 다녔던 개인 병원의 산부인과 의사를 '돌팔이'라고 욕을 하며 나는 시내 중심가의 여성전문 병원을 찾았다. 초음파로 나의 자궁을 들여다보던 의사는 자궁적출 진단을 내렸다. 의사는 홍삼이 근종의 좋은 영양이 되었다고 했다. 그러니까 나는 남편 말대로 밥만 먹었어야 했다.

수술 후, 의사는 몸의 완전한 회복을 위해서는 정확히 두 달의 몸조리가 필요하다고 했다. 몸조리를 하느라 운동을 못 한 나는 결국 60*kg*를 넘고 말았다.

뜻밖의 수술과 두어 달의 회복 기간 동안 그에게서는 어떠한 연락도 없었다. 출판사를 접은 후 이혼을 한 그는 세상과 모든 연락을 끊고 칩거에 들어간다고 했다. 마지막 통화에서 그는 그렇게 말했다.

빈 몸으로 집을 나왔다고 했다. 제대로 된 시를 쓰고 싶다고 했다. 자신의 가치를 돈으로만 환산하는 아내와는 더 이상 삶을 연계하고 싶지 않았다고 했다. 시가 밥이 되는 세상이 아님을 그도 그의 아내도 잘 알고 있었다. 그러나 집을 나와서도 그는 집과 밥 걱정을 했다. 홍삼을 먹을 때마다 나는 그가 떠올랐다. 그러니까 남편의 말에 따르면 그는 밥도 겨우 먹는 사람이었다. 그래서 그랬던 건 아니었다. 나는 인터넷으로 쌀을 주문해 그의 옥탑방으로 보내 주었다. 가끔 밑반찬을 해 택배로 보내기도 했다. 고맙다는 말 대신 그는 자신의 옥탑방으로 아무도 찾아오지 않아 쓸쓸하다고만 했다. 그와 연락이 끊긴 건 내가 수술을 하게 되었다는 메일을 보낸 후였다. 그런 메일을 보냈던 건 수술 후 몸조리를 위해 한동안 밑반찬을 보내지 못할 것 같은 나의 염려에서였다. 그러니 오해 말라는 것뿐이었다. 내 마음과 달리 그는 연락을 끊어버렸다. 어떠한 물음에도 묵묵부답이었다. 도대체 나의 수술이 그에게는 어떤 의미로 해석되었던 것일까. 지난 4년간 우리는 무엇이었나. 회복기간 내내 나는 침대에 누워 그 생각을 했다. 그 골똘한 생각은 내 안에 깊은 우물을 만들었다. 그와 달리 밥걱정을 하지 않아도 되는 나는 자주자주 그곳에 빠져 허우적댔다. 그러나 관계 회복을 위한 어떠한 방법도 떠오르지 않았다. 그러던 중 의사가 말한 두 달이 지났고 나는 예전의 나로 돌아왔다. 집과 도서관과 운동장을 선회하는 빤한 일상의 내가 되었다. 집에서는 밥을 했고 도서관에서는 소설을 썼고 운동장에선 운동을 했다.

여름이 오는 저녁 운동장에는 사람들이 많았다. 그들 모두는 타원형을 그리며 빙글빙글 돌았다. 한 줄로 꿰인 한방 바비큐들 같았다. 나도 거기에 끼었다. 그 대열은 내가 거스를 수 있는 게 아니었다. 그러니까 석 달째 나는 그 대열에 끼어 꿰인 닭처럼 운동장을 돌고 또 돌았다.

7월 한 달은 거의 운동을 하지 못했다. 장마 때문이었다. 빙빙 도는 게 습관이 된 나는 저녁밥을 먹은 후 거실을 돌았다. 사람들의 대열이 없는 거실 돌기는 재미가 없었다. 땀도

나지 않았다. 장맛비는 간헐적 폭우를 동반했다. 베란다 배관에서 물 내려가는 소리가 우렁찼다. 그 소리에 머리가 어지러웠다. 나는 거실 돌기를 그만두고 소파에 앉았다. TV를 켰다.

TV는 채널마다 폭우 소식으로 시끄러웠다. 서울 도심은 완전히 물에 잠겨 있었다. 쏟아진 비에 높은 앞산이 순식간에 무너졌다. 무너진 앞산은 고스란히 토사가 되어 인가로 빠르게 흘러내렸다. 그건 쓰나미 같았다. 엄청난 토사는 도로에 있던 출근길의 자동차들을 덮쳤다. 아침밥을 먹고 멀쩡히 길을 나선 자동차 안의 사람들이 그 자리에서 토사를 맞고 죽었다. 자동차를 삼킨 토사는 곧장 맞은편 아파트로 밀려들었다. 순식간의 일이었으므로 속수무책이었다. 사람들과 집기들이 누런 황토로 물들었다. 토사를 뒤집어쓴 중년의 사내가 질겁한 얼굴로 화면에 나타나 가쁜 소리를 토했다.

"달아나긴 무슨 수로 달아난단 말입니까? 눈 깜짝할 새 저렇게 됐는데. 우리는 아침밥도 못 먹고 변을 당했다니깐요!

중년의 사내는 아침밥도 못 먹고 변을 당한 것이 몹시도 억울한 모양이었다. 중년의 사내가 사라지자 TV는 좀 전 보여 주었던 장면들을 또다시 보여 주었다. 놀랍지 않느냐는 거였다. 앵커는 특종임을 다시 한 번 강조했다. 폭우 피해 상황을 전하는 게 아니라 숫제 재미있는 볼거리를 제공하겠다는 것처럼 보였다. 나는 채널을 돌렸다. 다른 채널들도 폭우 관련 특보를 전하느라 바빴다. 재미있는 드라마는 언제 해. 나는 툴툴대며 채널을 넘겼다. 채널을 넘기던 중, 콸콸 분수처럼 뿜어대는 물 위로 빙글빙글 돌아가는 둥그런 맨홀 뚜껑들이 보였다. 나는 채널을 고정하고 화면을 주시했다. 길을 가던 사람들이 놀란 얼굴로 그것들을 피해 달아났다. 빙빙 도는 맨홀 뚜껑을 맞았다간 그 자리에서 즉사할 게 분명했다. 폭우가 쏟아지는 서울 도심에서 제대로 된 신기한 장면이 펼쳐지고 있었다.

처음 본, 자궁이 사라진 그곳도 내겐 신기한 땅이었다. 회복기를 지나 수술 후 처음 병원을 찾았을 때 모니터를 통해 본 텅 빈 공간은 바닥을 알 수 없는 어두운 곳이었다. 나락 같은 그곳에는 이제 무엇이 있을까. 그럴 때마다 나는 예전 그곳에서 전해져오던 통증이 그리웠다. 남편의 설득에도 불구하고 둘째를 낳을 생각이 없었던 나는 실수로 생긴 생명마저 가차 없이 지웠다. 이제 그곳엔 근종이든 잡풀이든 아무것도 움트지 않을 것이었다.

장마가 그치자 나는 멈췄던 운동을 곧바로 시작했다. 빙빙빙빙. 운동장을 열 바퀴쯤 돌았을 때였다. 반바지 주머니에서 휴대폰이 진동음을 전했다. 나는 휴대폰을 꺼냈다. 25층 수진 씨였다. **언니 모해?** 오늘도 맥주 한잔 하고프다는 신호였다. 나는 응답을 하지 않았다. 힘들게 한 한여름 운동을 맥주 한 잔으로 날려 버릴 순 없었다.

수진 씨는 다섯 살과 세 살인 두 아들의 엄마다. 대학에서 연극을 전공하고 영국으로 유학까지 갔다 왔다. 그런 자신을 수진 씨는 깬 여자라고 말했다. 동의하고 싶지 않았으나 나는 고개를 끄덕여 주었다. 자신의 헤픈 육체를 두고 그렇게 생각하는 것 같았다. 그런 그녀에게 문제는 시간과 돈이었다. 그녀는 수입이 변변찮은 자신의 남편을 늘 '거지 같은 새끼'로 명명했다. 남편이 일찍 퇴근하는 날이면 그녀는 아이들을 남편에게 맡기고 섹스 파트너를 만나러 가곤 했다. 그녀가 '그놈'이라 말하는 섹스 파트너는 네 살 연하라고 했다. 그럼에도 그녀는 틈틈이 다른 놈들과 톡을 했다. 그렇게 하지 않으면 숨통이 막혀 죽어 버릴 것 같다고 했다. 그녀의 휴대폰에 저장된 '그놈들'이 몇 명인가는 수진 씨만 알았다.

그제였다. 애들이 일찍 잠들었다며 1층인 우리 집으로 내려왔다. 맥주며 안주가 가득한 비닐봉지를 든 채였다. 저녁 운동을 다녀온 뒤라 나는 수진 씨 손에 들린 맥주와 안주가 반갑지 않았다. 주말 부부인 나를 수진 씨는 무척 부러워했다. 나는 왜냐고 물었다. 자유로운 영혼이 더없이 자유로울 수 있어 좋지 않겠느냐는 거였다. 그날따라 수진 씨는 말이 많았다.

"거지 같은 새끼도 일찍 오고, 애 새끼들도 일찍 자고. 언니 한잔, 좋지?"

거실을 지나 식탁이 놓인 부엌으로 들어오면서 수진 씨는 신이 난 듯 몸을 흔들어 댔다. 일찍 퇴근한 남편과 오붓하게 한잔하지 왜 내려왔냐고 한마디 했더니 대번 아구구, 죽는 소리를 했다. 그녀에게 남편이란 자유로운 영혼을 더럽히는 주범이었다. 그녀는 얼른 식탁으로 와 앉았다. 봉지를 열어 안주와 맥주를 툭툭 내려놓았다.

"언니 언니! 오늘은 언 놈이 뭐래는 줄 알아?"

늘 그렇듯 시작은 오늘의 '그놈' 얘기였다.

"어떤 체위를 주로 하느냐고 그러더라고. 그래서 내가 뭐랬게? 애이널 섹스한다 왜? 그랬지. 그랬더니 어라, 이놈이마 잠수 타네. 하하하하!"

나는 웃지 않았다. 냉장고에서 먹다 남은 땅콩을 찾아 꺼내고는 맞은편에 앉았다. 그새 수진 씨는 맥주 한 캔을 다 비웠다. 무슨 일이 있는 모양이었다. 내가 식탁에 앉자마자 수진 씨의 속사포가 이어졌다.

"이 거지 같은 새끼가 말이야, 또 회사 때려치운다면서 휴가비도 안 받고 그냥 왔더라고 언니. 지 아버지 생일에 맞춰 휴가 내 놓고는 휴가비를 안 받아 오면 어떡하냐고? 대전은 무슨 돈으로 가며 회사 때려치우면 애 새끼 둘 누가 먹여 살

리냐 말이야."

새하얀 얼굴이 온통 붉게 물든 수진 씨는 울분을 토했다. 나는 아무 말 없이 거푸 술을 부어 주었다. 그날 수진 씨는 울분 끝에 혀 꼬부라진 소리를 하더니 기어코 울음을 터트렸다. 우리 집 술까지 모두 비운 수진 씨는 그대로 식탁에 코를 박고 엎어졌다.

"남편은 회사를 그만두네 마네, 시아버지는 교회 신도가 끊어져 생활이 어렵다며 잊을 만하면 전화를 해 십일조를 보내네 안 보내네. 정말 못살겠어, 언니!"

그러니까 수진 씨의 시부는 십일조가 문제였다.

"십일조를 내지 않는 너희들은 천벌을 받을 것이다!"

수진 씨는 맥주를 마시는 중간중간 시부를 흉내 내며 소리를 질렀다. 그리고 추임새 같은 마지막 말을 잊지 않았다.

"거지 같은 새끼들!"

나는 선한 눈빛을 가진 선재 아빠를 떠올리며 수진 씨를 일으켜 부축했다. 장신을 끌다시피 거실로 데리고 나와 소파에 뉘었다. 그날 수진 씨는 제 집으로 올라가지 못 하고 우리 집에서 잠이 들었다. 나는 수진 씨가 누운 발치에 앉아 남은 맥주를 마저 홀짝이며 그를 생각했다. 그는 뭘 하고 있을까. 옥탑방, 거기도 무진 덥겠지.

연일 폭염이었다. 전국이 열탕처럼 끓어올랐다. 곳곳에서 묻지마 칼부림과 성폭행이 있었다. 지나가던 행인들이 칼에 찔려 죽거나 다쳤다. 여인들이 참혹한 수난을 당했다. 잠자던 7세 여아를 이불 채 둘둘 말아간 남자도 있었다. 저녁 퇴근길에 칼부림을 한 30대 청년은 고시원 달세가 다섯 달이나 밀렸다고 했다. 사는 게 죽을 만큼 싫었다고 했다. 그들 모두는 주머니 사정이 좋지 않았다. 여자를 살 수만 있었다면 그들에게 폭염은 그래도 견딜 만한 것이었으리라.

반복되는 더위처럼 나 또한 변함 없는 일상을 반복하고 있었다. 그의 메일이 도착하기 전까지는 그랬다. 수진 씨는 여전히 입에다 줄줄 욕을 매단 채 다녔고 남편이 휴가비를 받아 오지 않았음에도 대전은 갔다 왔다고 했다. 천벌을 받아도 십일조는 도저히 낼 수 없다며 일흔네 번째 생일을 맞은 시부 앞에서 단호히 결단의 칼을 휘두르고 왔노라고 했다. 그 후로도 수진 씨는 우리 집을 드나들며 술을 즐겼고 조금도 살이 빠지지 않은 나는 여전히 운동장을 돌고 또 돌았다. 저녁 운동장을 찾는 사람들 또한 변함없었다. 그러는 동안 몇 번 납빛 승합차가 경보음을 내지르며 달려와 거리를 어지럽혔다.

어느 날 운동장을 돌고 나오던 나는 동원순대 차를 힐끔 바라봤다. 솥단지의 안부가 궁금했던 건 아니었다. 그랬음에도 나는 그녀의 포터 트럭으로 또 갔다. 간단히 인사를 하고 모둠 순대 1인분을 주문했다.

"아직도 그 차들이 온대요?"

"그러게 말이야. 내 말 좀 들어보더래요."

나는 또다시 동원순대 아줌마에게 붙잡혔다. 선불리 물은 내가 잘못이었다. 그녀의 말에 의하면 문제의 발단은 그놈의 내장이었다. 뜻밖의 얘기에 나는 간신히 웃음을 참았다.

길 건너 2층 이브미장원 여자(아주 가까운 사이라고 했다)가 어느 날 초등학교 4학년 남자 아이에게 순대 심부름을 보냈다. 동원순대 아줌마는 누구에게나 그러하듯 내장을 줄까 어쩔까 물었다. 아이는 내장은 싫다 했다. 동원순대 아줌마는 순대만 썰어 보냈다. 그러고 얼마 뒤, 미장원 여자가 전화를 해 내장 없이 순대만 보냈다고 다짜고짜 욕을 했다. 미장원 여자보다 스무 살도 더 위인 동원순대 아줌마는 어디서 욕이냐며 나오라고, 나와서 얘기하자고, 소리를 질렀다. 전화가 끊기고 미장원 여자가 왔다. 둘은 그날 저녁 동원순대 차 뒤에서 질펀하게 욕들을 주고받으며 싸웠다. 욕 사이사이 미장원 여자는 순대 장사를 하나 못 하나 어디 두고 보자며 악을 썼다. 그러고 난 다음 날, 첫손님도 오기 전에 납빛 승합차가 달려왔다는 것이었다.

"'내장이 없네요. 내장 좀 주시오' 그케 말하면 내가 안 주갔시오? 새파란 년이 아주 경우가 없어. 북한에서 왔다고 날 아주 업신여긴 기지 뭐갔시오? 나, 그 새끼들한테 솥단지 들고 가라 했시오. 내 이거이 울며불며 겨우 모아 천사백에 샀시오. 천사백은 내 목숨과도 같다 이 말이오. 해도 해도 너무하는 거 아이요? 안 되면 나 판문점으로 해서 북으로 도로 갈 거라요. 판문점 가서 북한으로 보내 달라고 할 거라 이 말이오!"

북으로 간다는 소리는 여전했다.

그러든지. 나는 순대가 다 담기자 안녕히 계시라는 한마디를 건네고 검은 비닐봉지를 들고 집으로 왔다.

순대가 안주가 된 그날, 나는 수진 씨와 막걸리를 마셨다. 안주에 맞게 동원순대 아줌마의 내장 이야기를 했다. 얘기를 다 들은 수진 씨는 젓가락으로 모둠 순대들을 뒤적이며 넋나간 얼굴을 해 보였다.

"언니, 왜 오줌통이 없어? 오줌통 없다고 나도 신고해 버리까?"

우리는 서로의 얼굴을 바라보며 크게 웃었다.

막걸리는 빨리 더부룩해졌다. 오늘은 어쩐지 술이 싫다며 수진 씨가 일찍 25층으로 올라간 뒤였다. 나는 갑자기 길 잃은 사람처럼 멍해졌다. 딸아이는 밤늦게야 올 것이고 남편은 금요일 저녁에나 귀가할 것이었다. 무심히 노트북을 켰다. 쓰다 만 소설이나 써 볼까 하다 이내 그만두었다. 다시 읽어 본 소설은 죽도 밥도 아니었다. 여름 내내 쓴 소설이었다. 소설이 밥이 되긴 아주 멀어 보였다.

무심한 손길로 인터넷을 열었다. 메일을 검색했다. 순간 나는 내 눈을 의심했다. 심장이 할딱였다. 놀랍게도 그에게서 메일이 와 있었다. 나는 얼른 메일을 열었다. 내용은 극히 짧았다. **25일 하동 P집필실로 간다. 가는 길에 네게 들를게. 24일 내려가. 그때 보자.**

순간, 책의 목차 같았던 내 일상들이 정지화면처럼 멈추고 그가 온다는 사실만이 납빛 승합차의 경보음처럼 웽웽 내 귀를 울렸다.

다음 날, 저녁 운동을 한 후 아프다는 핑계를 대며 나는 수진 씨와 술을 하지 않았다. 빠지지 않은 뱃살을 엄지와 검지로 쿡쿡 누르며 진작 살을 빼지 못한 것을 후회했다. 마음만 바빠지고 있었다.

8월 24일. 그를 마중하러 부산역엔 갔다. 차가 막혀 나는 약속 시간보다 조금 늦고 말았다. 역사에서 나를 기다리다 화가 났는지 그는 폭염의 광장으로 뚜벅뚜벅 걸어 나오고 있었다. 오른쪽 어깨에 가방을 메고 왼손엔 노트북을 든 채였다. 언뜻 보기에도 그는 야위어 있었다. 인적 없는 농가를 떠도는 사납고 더러운 개 한 마리가 떠올랐다. 한때는 주인의 정성 어린 손길에 윤기 나는 털을 자랑했을 개였다. 우리는 햇살이 쏟아지는 광장에 서서 반가움의 표시로 악수를 했다. 손아귀의 앙상함이 내 손으로 고스란히 전해져 왔다.

그는 배가 몹시 고프다고 했다. 우리는 근처 한정식 집을 찾아 갔다. 지하인 한정식 집은 눅눅하고 더웠다. 나는 들어서자마자 주인에게 에어컨을 좀 틀어 달라고 했다. 에어컨은 순식간에 기계음을 내며 지하의 더운 공기를 밀어냈다. 우리는 시원한 홀 중앙의 마루로 가 앉았다.

"왜 이렇게 짐이 많아?"

내려놓은 그의 가방을 보며 내가 먼저 말을 했다.

"응. 한 열흘 있으려고. 옥탑방은 너무 더워. 다음 달 10일까지 보내 줘야 할 원고도 있고. 두 번째 시집 내야지."

드디어 제대로 된 시집이 나올 모양이었다. 옥탑방에서 만들어진 제대로 된 시가 나는 무척 궁금했다.

그는 지쳐 보였다. 밥을 먹는 내내 우리는 어떤 말도 하지 않았다. 나는 조기구이를 젓가락으로 얌전히 발라 먹었다. 절간의 공양처럼 엄숙히 점심을 끝낸 우리는 전처럼 내가 사는 아파트 근처에서 일박을 하기로 했다. 내가 사는 시 외곽의 아파트로 온 건 전처럼 딸아이 때문이었다. 방학임에도 등교를 해야 하는 딸아이를 위해 나는 아침밥을 챙겨 줘야 했다.

버스 안에서 우리는 나란히 앉아 각자의 앞만 주시했다. 어색하고 무료했다. 나는 그게 싫어 조심조심 입을 뗐다. 그는 내 말에 귀찮다는 듯 '응'과 '아니'로만 대답했다. 나는 고심 끝에 고른 말을 띄엄띄엄 내뱉다 제풀에 그만두었다. 이럴 거면 여길 왜 온 거야? 버스에서 내려 모텔에 도착할 때까지 나는 내내 그 생각만 했다.

모텔에 들어와서야 나는 그가 왜 하동으로 바로 가지 않고 커다란 가방을 멘 채 여기까지 왔는지를 알았다. 그는 버스 안에서와는 달리 다급하고 거칠었다. 한여름의 태양처럼 길고 집요했다. 그의 거친 손놀림에 몸 여기저기가 불에 덴 듯 따끔거렸다. 나는 이를 악물고 참았다. 나는 내가 왜 이를 악물고 참아야 하는지 알 수 없었다. 그럼에도 나는 그를 밀쳐내지 않았다. 교성인지 신음인지 알 수 없는 소리가 다문 입술을 비집고 터져 나왔다. 그런 나의 입술을 그는 거칠게 빨아 뭉개며 내게 자꾸 물었다. 넌 누구 여자니? 나를 만나러 온 목적이 이것이라는 듯 그는 대답을 원했다. 나는 아무 말도 할 수 없었다. 어둠 속에 누운 내가 나조차도 누구인지 알 수 없었으므로 누구의 여자인지는 더더욱 알 수 없었다. 기

어이 대답을 듣고 말겠다는 것이었을까. 내가 운동장을 빙빙 돌았던 것처럼 그는 다시 내 몸의 처음으로 되돌아가곤 했다. 참으로 질긴 시간이었다.

내가 샤워를 끝냈을 즈음엔 밖은 꽤 어두워져 있었다. 먼저 샤워를 한 그는 맥주를 마시며 TV를 보고 있었다. 내가 욕실에서 나오자 힐끗 고개를 돌리더니 이내 TV로 시선을 꽂았다. 그와 눈을 맞추려던 나는 초점을 잃고 허둥댔다. 그 새 그는 처음의 그로 되돌아가 있었다. 완벽했다. 나는 젖은 머리를 수건으로 감싸 올리며 그의 옆에 가 앉았다. 리모컨을 든 채 TV에 고정된 그의 시선은 움직이지 않았다. 나도 하릴없이 TV를 봤다. 그는 리모컨 버튼을 일정한 간격으로 눌러 댔다. 마땅히 볼 만한 프로그램이 없다는 거였다. 화면이 섹션 신문처럼 차곡차곡 넘어가고 있었다. 화면이 넘어갈 때마다 뿜어져 나오는 빛이 화려한 무대 조명처럼 우리를 비추었다. 조명을 받으며 그와 나는 무언극의 배우처럼 우두커니 소파에 앉아 맥주를 홀짝였다. 그 무언극을 깨트린 건 나였다.

"어? 잠깐만."

깜짝 놀란 나는 리모컨 버튼을 누르는 그의 손을 제지했다.

"좀 전 화면으로 빽 좀 해 봐 줘."

그는 그게 뭐 어렵겠냐는 듯 리모컨의 반대편 버튼을 눌렀다. 화면은 금세 좀 전으로 되돌아왔다. 24시간 내내 뉴스만 방영하는 케이블 방송이었다. 그곳에 그녀가 있었다. 피켓을 들고 시위 중인 사람은 분명 동원순대 아줌마였다. 북녘 땅이 보이는 임진각에 서서 그녀는 판문점을 통과해 제 발로 걸어서 북으로 가고 싶다고, 꼭 그렇게 하게 해 달라고 고래고래 소리를 지르고 있었다. 납빛 승합차의 사내에게 대들던 그 모습 그대로였다. 무수한 취재진들이 그녀를 향해 카메라를 들이댔다. 그녀의 소식을 전하던 어느 방송사 기자는 그녀가 아마도 정신과 병력을 지녔음이 틀림없다고 말했다.

"미쳤구만."

그가 짧게 한마디 했다.

"다른 거 보든지."

내 말이 끝나기 무섭게 그는 리모컨 버튼을 눌렀다. 동원순대 아줌마는 화면에서 사라졌고 또다시 무수한 채널들이 끝도 없이 이어졌다. 리모컨 버튼을 누르는 그의 손에 알 수 없는 짜증이 묻어났다. 나는 여기에 더 있을 필요가 없음을 직감했다. 일어나 주섬주섬 옷을 입었다.

"가려고?"

"응."

"잘 가."

여전히 눈은 TV에 둔 채였다. 나는 조용히 방문을 닫았다.

방문을 닫고 나자 카펫이 깔린 불온한 복도는 조도가 낮은 붉은 조명으로 더욱 불온해 보였다. 모텔 승강기에 서서 나는 핸드백에 든 핸드폰을 꺼냈다. 톡 화면에 메시지가 두 개 담겨 있었다. 수진 씨였다. 언니, 언니네 집 불 꺼졌네. 깜깜해. 어디야? 다음 메시지. 왜 대답이 없어? 좋은 곳에 가 있나 봐? 나도 데려가지. 대답도 없고, 음식물 쓰레기 버리고 나 올라간다?

나는 조용히 핸드폰을 닫았다.

집으로 올라오는 길은 무척 덥고 어두웠다. 어둠이 사막의 모래처럼 발목을 휘감았다.

3미 활낙지
3/500

저녁도 먹지 않고였다. 정옥과 사장은 내기라도 하듯 술잔을 비워 냈다. 술상도 안주랄 것도 없었다. 툭툭 던져 놓은 소품처럼 방바닥에 소주와 소주잔, 속이 터진 굵은 멸치가 아무렇게나 놓였다. 먼저 취한 건 정옥이었다. 가락동 짐을 싣고 서울로 오는 내내 사장은 그 여자에게 전화를 했다. 정옥 앞에서 그 여자에게 전화를 하는 건 처음이었다. 그것도 수차례. 지금 정옥 따윈 아무 문제가 아니라는 듯 사장은 안절부절못했다. 여자는 전화를 받지 않았다. 정옥은 그런 사장을 몇 번이나 나무랐다. 미쳤냐고, 어디서 전화질이냐고. 사장은 정옥의 말을 듣지 않았다. 정옥은 조마조마했다. 그 여자에게 전화를 하느라 사장이 모는 25톤 화물차가 사고 날까, 그리하여 화물차에 실린 짐들이 훼손되어 몇천만 원을 변상해야 되는 건 아닐까, 하는 처음 걱정과는 달랐다. 자신이 사장의 손을 걷어차고 운전대를 마구 휘저을 것 같은, 스스로의 통제 불능이 두려웠다. 모든 걸 끝내고 싶었다. 접시가 깨져 바닥을 튀어 오르듯 모든 게 산산조각 나는 걸 보고 싶었다. 밑도 끝도 없는 이 전쟁을 언제까지 해야 된단 말인가. 정옥은 이제 숨이 막힐 지경이었다.

"내 앞에서 왜 저나질이야? 내가 그너케 우스워?"

혀가 반쯤 접힌 정옥이 시비조로 말을 했다.

"긋년도 이제 전화 안 받는다. 안 받는다고! 잇년아!"

사장이 핸드폰을 방바닥에 내려놓으며 고함을 쳤다. 그 여자가 전화를 받지 않는 게 정옥 탓이기라도 하듯 사장은 울분을 토했다.

"다시 해 봐."

정옥이 눈을 부라리며 방바닥에 놓인 핸드폰을 집어 사장 턱 밑에 바싹 드밀었다. 사장은 곧바로 정옥이 드민 핸드폰을 들고 통화를 시도했다. 서슴없었다. 그때였다. 정옥이 벌떡 몸을 일으켰다. 동시에 사장 손에 들린 핸드폰을 빼앗아 방바닥에 힘껏 내동댕이쳤다. 핸드폰에서 시꺼먼 내장 같은 배터리가 튀어나왔다. 액정이 박살나고 핸드폰은 두 조각으로 흩어졌다. 조각난 핸드폰을 정옥은 맨발로 짓밟았다.

"그래! 어디 저나해 봐! 해 보라고!"

정옥은 토악질을 하듯 악을 썼다. 사장은 그런 정옥을 마구 때렸다. 머리와 얼굴과 가슴과 배와 허벅지를. 한 줌도 안 되는 정옥이 사장 손에서 사정없이 휘둘렸다. 맞으면서도 정옥은 어금니를 앙다물었다. 빈속으로 내려간 소주가 떫은 생목으로 올라왔다. 눈앞이 핑 돌며 현기증이 났다. 정옥이 애써 눈을 홉뜨고 사장을 노려봤다. 취한 사장의 손이 공중을 헛도는 순간이었다. 정옥이 벌떡 몸을 일으켰다. 퍼뜩 경대 서랍을 열어 가위를 꺼냈다. 찌를 태세였다.

"덤벼! 덤벼 봐!"

정옥이 가위 날을 펴 들고 사장에게 다가갔다. 가위 끝을 사장의 배에 갖다 대려는 순간이었다. 사장이 정옥의 손을 휘잡아 비틀었다. 가위는 방바닥에 맥없이 떨어졌다. 정옥이 다시 집어 들려고 몸을 내렸다. 그런 정옥을 사장은 사정없이 걷어찼다. 정옥이 나동그라지며 고함을 질렀다. 그 소리에 아래채에 세 들어 사는 원이 아빠가 놀란 눈으로 현관문을 밀었다.

"형님! 왜 이래요? 왜? 나갑시다. 나가서 우리 집으로 가요! 어?"

원이 아빠가 사장을 밖으로 떠밀어 냈다. 밖으로 떠밀려 나온 사장은 원이 아빠에게 핸드폰 좀 달라고 했다. 절박한 얼굴이었다. 아무것도 모르는 원이 아빠는 얼른 자신의 핸드폰을 꺼내 사장에게 주었다. 사장은 원이 아빠가 내민 핸드폰으로 그 여자에게 또 전화를 했다. 여자는 전화를 받지 않았다. 몇 번이고 사장은 핸드폰 버튼을 누르고 눌렀다. 사장의 검고 주름진 얼굴이 울 듯 일그러졌다. 정옥이 방 안에 앉아 그런 사장을 멍하니 바라봤다.

막 잡아 올린 낙지 같다. 발가벗은 경민의 몸이 욕조 안에서 사방으로 흐느적댄다. 의지 잃은 팔과 다리가 꼬이고 비틀린다. 그러나 그 비틀림은 끊임없이 뭔가를 말하고 있다. 어디로든 가고 싶다는. 그럼에도 그들 사이엔 초점이나 접점 따윈 허락되지 않는다. 어떻게 보면 몸체에서 이탈되고 싶어 안달이 난 것 같다. 몸체에서 벗어나 그들은 어디로 가고 싶은 걸까. 어디로 가서 무엇을 말하고 싶은 걸까. 견고한 맹목처럼 몸은 끊임없이 어긋난다. 어긋나고 비틀려 천지 사방으로 흩어져서는 다시 몸체를 그리워할 거면서. 정옥이 경민의 비틀리는 두 팔을 애써 한쪽으로 겹쳐 누른다. 때수건을 낀 손이 왼쪽 겨드랑이를 민다. 손은 겨드랑이를 지나 엉덩이 저 아래에까지 내려간다. 너무 내려갔나. 정옥의 몸이 기우뚱 욕조 안으로 기운다. 한쪽으로 밀렸던 경민의 두 팔이 경계를 잃고 정옥의 몸을 치며 물속으로 잠긴다. 물이 튕겨 오른다. 정옥이 기운 몸을 얼른 다잡고 균형을 잡는다. 조막만 한 발이 타일 바닥에 미끌리다 겨우 중심을 잡는다. 그것과 상관없이 정옥과 눈을 맞추려 무던 애를 쓰는 경민. 안타깝게도 시선은 자꾸 비껴난다. 정옥이 한 틈이라도 자신을 소홀히 할까, 경민의 눈이 다시 정옥의 눈을 찾는다. 정옥은 할 수 없다는 듯 경민 앞으로 자신의 얼굴을 드민다. 얼른 눈을 맞추어 준다. 흐흐흐흐. 경민의 입가가 비틀리며 허물어진다. 동시에 물에 잠긴 팔과 다리가 심하게 요동친다. 거품이 때처럼 떠 있는 욕조 안 물이 첨벙거린다. 첨벙거리는 물속에서 깡마른 식물의 줄기처럼 오른쪽 다리가 욕조 밖으로 뻗쳐 나온다. 경민이 아주 즐겁다는 얘기다. 정옥이 손을 멈추고 욕조에서 조금 멀어진다. 저번처럼 경민의 다리가 정옥의 가슴에 와 닿을 것 같아서다. 풍덩! 잠시 후, 비틀리던 경민의 다리가 욕조 안으로 다시 잠긴다. 정옥의 얼굴과 가슴으로 거품이 튀어 오른다. 정옥은 얼굴에 튄 거품을 닦아내며 가만히 경민을 바라본다. 눈이 깊고 골똘하다.

땀으로 온몸이 흠뻑 젖었다. 이제 경민의 목욕은 전문 복지사에게 부탁해야겠다. 정옥이 워낙 마른 몸인데다 나이도 있으니 힘에 부치는 건 당연하다. 경민이 정옥에게만 몸을 맡겼으므로 어쩔 수 없는 일이라고 생각했다. 그토록 정옥을 기다린다는데. 벌써 몇 년짼가. 정옥이 스물을 버리고 이곳 항구 도시로 내려왔을 때부터였다. 막 들어온 경민은 또래보다 많이 작았다. 그래서였을까. 온 사지가 제 각각의 굴곡으로 흐느적대도 분홍의 입술이라든지 뽀얀 손이라든지, 작고 하얀 얼굴이 봄쑥 같았다. 아주 귀엽고 사랑스러웠다. 언뜻 예쁜 여자애로 보일 때도 있었다. 더욱이 자신이 버려졌다는 걸 알았을 텐데도 늘 밝게 웃었다. 남들이 그 사실을 알까, 먼저 밝은 차양을 치는 것처럼. 그 웃음이 너무 양명해 오히려 마음이 아팠다. 누우나 누우나! 처음부터 정옥을 따랐다. 분홍 입술에서 '누우나'란 말이 물방울처럼 피어올랐다. 정옥도 그런 경민이 좋았다. 그러나 세월은 누구에게나 공평한 법. 뇌성 마비에 발달장애라지만 그도 이제 서른을 훌쩍 넘긴 남자였다.

층을 알리는 승강기의 빨간 불은 오늘따라 더디다. 물풍선을 품은 듯 아랫도리가 점점 부푼다. 정옥은 배꼽 아래에 잔뜩 힘을 주고 버티어 섰다. 불안해서일까. 굽은 등이 더 굽어 오른다. 작은 키에 37킬로그램의 마른 몸피가 건새우처럼 동그랗게 말렸다. 조금만 조금만, 그래 조금만. 아랫도리에 안간힘을 쓴다. 그러나 물풍선은 그만 터져 버릴 것 같다. 오우, 제발. 정옥은 고개를 한껏 젖혀 승강기의 빨간 불만 뚫어져라 쳐다본다. 다급한 마음과는 달리 불은 평온하고 여유롭다. 승강기를 저 지경으로 설정해 놓은 건 주인여자다. 전기 요즘 몇백 원을 따지던 푸르죽죽한 면상이 떠오른다. 물홍어 2S가 아마도 그 면상과 닮았을 것이다. 청량리 바다상회의 단골 오더인 물홍어 2S. 꽝꽝 언 그것이 녹으면 거무튀튀하고 조글조글한 게 틀림없이 주인 여자 얼굴과 같을 것이다. 물컹거리는 질감까지. 작년, 바깥어른이 돌아가시고 나서 주인 여자의 물컹거림은 배가 되었다. 화장이 짙어졌고 옷도 요란하게 출렁였다. 늙은 년이……. 정옥의 혀에서 물홍어 2S가 자꾸 짜증스레 씹힌다. 저 느려 터진 승강기로는 사무실이 있는 5층까지, 오늘은 아무래도 무리지 싶다. 더욱이 화장실로 가서 비밀번호를 누르고 문을 열 때는 벌써 사단이 날 게 틀림없다. 사단이 나면 집으로 다시 돌아가야 한다. 가서 옷을 갈아입고 와야 하고 그렇게 되면 중요한 오전 일을 할 수 없게 된다. 김 대리 혼자서는 감당할 수 없는 일이다. 오늘 아침엔 외발산 쪽 일을 전담할 새로운 기사도 올 텐데.

사십 중반을 넘어서면서였다. 어디든 집을 나설 때는 물을 마시지 말아야 했다. 알고 있었으나 어쩔 수 없었다. 환절기라 알레르기 약을 먹어야 했고 약을 먹느라 마신 얼마의 물이 또 이 지경을 만든다. 누리로 가는 길에서도 정옥은 몇 번인가 버스에서 내려야 했다. 이젠 어느 지점에 내려야 화장실을 쓸 수 있는 건물이 있는지, 알고 있다. 이번 달엔 그러지 않아도 된다. 누리에 가지 않을 생각이니까. 그 말을 듣고도 경민이나 원장을 다시 본단 말인가.

그날 원장의 말은 흐린 날의 공기 같았다. 낮고 은밀했으며 간곡했다. 말을 듣는 순간 정옥은 뜨거운 물이 귓속을 흘러든 느낌이었다. 귓속이 부글부글 끓었다. 어떻게 나에게 이런 부탁을 할까. 속말이 입 밖으로 튈까, 정옥은 입을 꾹 다물었다. 아무리 절박해도 그건 그럴 수는 없는 일. 그럼에도 귓속을 흘러든 그날의 말이 출구를 잃고 자주 웅웅거렸다.

아침부터 주문 전화가 빗발칠 텐데. 순간 정옥의 고개가 퍼뜩 지하 계단 쪽으로 돌아간다. 급히 건물 출입구로 나가 좌우를 살핀다. 오가는 사람이 없다. 그러므로 누구든 당장은 건물 안으로 들어오진 않을 터. 어두운 지하 계단을 재빨리 더듬는다. 지하 주차장과 연결된 계단 저 밑은 깊은 우물 속 같다. 그때 가방에서 핸드폰이 울린다. 일찍 주문을 내는 어느 화주의 전화이리라. 중요한 전화지만 정옥은 받지 않는다. 핸드폰이 울어대는 가방을 계단 위에 내던지고 얼른 바지를 내린다. 엉덩이를 까고 앉자마자였다. 쫘! 소리가 단말마의 비명처럼 직선으로 내뻗는다. 누가 지하주차장을 지나다가 느닷없는 물소리에 놀라 건물 안을 기웃거릴 것 같다. 정옥은 움찔, 아랫도리에 힘을 뺀다. 이내 오줌은 여린 개울물처럼 졸졸졸졸, 계단을 타고 흐른다. 그건 제법 오래도록 깊고 어두운 우물 속으로 흘러든다. 그제야 정옥의 오목

한 얼굴이 어둠처럼 고요해진다. 한참 후 정옥은 얼른 바지를 올리고 던져 놓았던 가방을 든다. 쑤셔 넣듯 대충 윗옷을 바지 속에 집어넣고 버클을 잠근다. 누가 나타나기 전에 승강기를 타고 얼른 5층으로 올라가야 한다. 조금 있으면 지린내가 올라올 것이고 아침 운동을 가는 주인 여자가 내려오면 짜랑짜랑, 건물을 울려 댈 것이다. 정옥의 발걸음이 지하 계단을 종종 오른다. 그새 승강기는 1층에 내려와 있다. 정옥은 열림 버튼을 누르고 그 안으로 냉큼 몸을 감춘다.

문을 열자 팩스기 돌아가는 소리가 사무실의 고인 공기를 흔든다. 흰 종이들이 받침대 안으로 사뿐사뿐 내려앉는다. 벌써 쌓인 것도 제법이다. 날아드는 팩스는 화주들의 주문서들이다. 쌓인 흰 종이들을 한 손에 죄다 집어 자신의 책상 위에 내려놓는다. 곧바로 핸드폰으로 돌려놓았던 사무실 전화기들을 푼다. 조금 있으면 책상 위 여섯 대의 전화기들이 요란하게 울 것이다. 그러기 전에 정옥은 수화기 하나를 든다. 사장의 전화번호를 천천히, 또박또박 누른다. 신호음은 길고 질기게 저 먼 공간으로 내달린다. 그러나 어젯밤처럼 신호음은 사장에게로 가 닿지 않는다. 정옥의 얼굴이 얼룩진다. 긴 신호음이 끝날 때까지 수화기를 놓지 않는다. 사무실의 아침 전화라면 업무상의 급한 전화라는 걸 알 텐데. 사장은 아무 기척이 없다. 그제 소시지 2천 개를 싣고 일산으로 올라간 사장은 지금까지 감감무소식이다. 오늘 밤 늦게야 내려올 테지만 그래도 정옥은 사장이 궁금하다. 그 여자도. 내일 자신의 25톤 화물차에 화주들의 물건을 싣고 정옥과 함께 가락동 농수산물 시장으로 갈 것이다. 그곳에 짐을 부리고 장호원에 있는 사장의 집으로 가 주말을 보낸다. 정옥이 사장을 따라가지 않고 누리로 가는 마지막 주말은 하남의 그 여자가 그곳을 차지한다. 그 사실을 알았을 때, 정옥은 온몸이 편육처럼 굳는 것 같았다. 숨을 쉴 수가 없었다. 그 후, 둘은 그 여자 문제로 자주 다투었다. 피멍이 들도록 서로 할퀴고 때리고 맞았다. 한밤중에 구급차가 와 정옥을 싣고 병원으로 가는 일도 있었다. 그럼에도 사장은 변함이 없었다. 어느 누구의 말도 듣지 않았다. 할 수 없이 정옥은 그 여자에게로 전화를 했다. 용건은 간단했다. 가만두지 않겠다. 둘 다 처넣어 버리겠다. 통화가 거듭될수록 말은 거칠어졌고 욕설이 난무했다.

"미친년! 그 집이 어디 너 집이냐? 전처 집이지!"

돌아오는 대답은 한결같았다. 벌써 2년째였다. 그럼에도 정옥의 머릿속에는 그 여자의 전화번호가 깨알처럼 박혀 있다. 이젠 정옥과 상관없이 그 깨알 같은 번호가 스스로 욕망이 되어 버튼을 누르곤 한다. 정옥은 주춤, 수화기를 내린다.

그 여자는 정옥보다 많이 어리다고 했다. 그 말을 할 때 사장은 어딘가 수상했다. 눈동자가 깊어지면서 입가에 미소가 떠돌았다. 그 미소가 또 정옥을 찌른다. 어디선가 마른 먼지가 일고 쩍, 바닥이 갈라지는 소리가 난다. 천천히, 갈라진 틈으로 피가 돋는다. 가슴을 짓누른다. 다시 정옥의 몸으로 회신이 온다. 불온한 전류처럼 통증이 등뼈를 타고 흐른다. 1번에서 7번까지. 그것은 언제나 정확하다.

우드득. 순간이었다. 5단 서랍장 모서리에 오지게 부딪히면서였다. 소리는 내밀했지만 또렷했고 빠르고 날카롭게 정옥의 등뼈를 관통했다. 그날도 다툼은 그 여자 때문이었다. 의사는 등뼈 모두가 시옷자 모양으로 어긋났다고 했다. 희한한 일이라고도 했다. 그날 이후 정옥의 몸은 꼽추처럼 굳어갔다. 뒷목덜미에서부터 허리까지 탁구공만 한 것들이 기포처럼 솟아올랐다. 정옥은 직접 볼 수는 없지만 솟아오른 그 모양이 화인 같을 거라고 생각했다. 아이의 죽음에 대한 화인. 그날 이후, 자신에게 닥친 모든 불운을 아이의 죽음과 연관 지었다. 정옥의 얼굴이 또 일그러진다.

통증을 애써 다독이며 핸드폰을 연다. 좀 전 걸려 온 부재중 전화를 체크한다. 청량리 거인 여자다. 이 여자는 사무실 전화를 이용하지 않는다. 꼭 정옥의 핸드폰으로 주문을 낸다. 목소리에서 오만과 도도가 넘친다. 오만과 도도가 쇠줄이라도 자를 것 같다. 정옥은 그 날카로운 소리가 듣기 싫다.

그러나 그 소리가 쇠줄이 아닌 자신의 밥줄을 자를 수도 있으니,

"사모님! 전화 주셨네요? 오늘은 뭘 좀 올릴까요?"

잠겼던 정옥의 목소리가 생생하게 살아난다.

"제일에서 절단낙지 L이 20개, 2L이 30개. 동남에서 노 고등어 4/600이 30개, 동콜1에서 명태 6통이 30개, 7통 반팬짜리가 20개, 해원에서 에콰도르 새우 41/42가 15개…… 오늘 이렇게 실어줘요."

정옥은 알겠노라며 공손히 대답한 후 핸드폰을 닫는다. 전화기 옆에 놓인 송장 더미에서 몇 장을 집어 와 책상 위에 편다. 청량리 거인의 주문을 작성한다. 오늘 청량리 기사는 1091 인 기사. 무슨 일이든 자로 잰 듯 명쾌하고 분명해야 직성이 풀리는 사람이다. 정옥과는 10년 관계다. 기사들이 철새처럼 짐을 따라 사무실을 들고 나는 이 바닥에서 인 기사는 의리 있게 이곳을 떠나지 않았다. 오랜 세월 함께했으므로 인 기사도 정옥과 사장의 관계를 알 것이다. 아니, 이 바닥에서 정옥과 사장의 관계를 모르는 사람이 있을까. 모를 것이라고 생각하는 건 정옥과 사장뿐이다. 본래 냄새의 진원지는 제 냄새에 무감한 법.

사장은 전 부인과 별거하면서 이곳 항구 도시로 내려왔다. 정옥과 사장의 동거는 그때부터였다. 그때도 소문은 무

성했다.

"왜 사무실을 소장 저거 엄마 명의로 해 줬겠노? 소장은 신용불량자고 소장 앞으로 해 줘야 지 여자 되는데. 그래도 처년데 지 여자로 만드는 방법이 뭐 있겠나? 오갈 데 없는 신용불량자가 가만히 있어도 사무실이 하나 생기는데, 지가 와 사장 싫다캐?"

남들은 다 아는 얘기였다. 그러므로 눈 가리고 아웅이었다. 누군가 호기심 가득한 얼굴로 소문의 진위를 더듬더듬 물어오면 정옥은 손사래를 치며 펄쩍 뛰었다.

"누구예요? 누가 그딴 개소리를 하던가요?"

되레 소문의 진원지를 대라고 다그쳤다. 말을 꺼낸 사람을 아주 무참하게 만들었다. 사장 역시 그랬다.

"어느 쓰발 년놈들이야? 찢어발긴다! 어?"

사람들은 눈 가리고 아웅하는 둘의 말을 믿어 주었다. 아니, 믿어 주는 척했다.

"아, 아니구나. 좆도 뭣도 모르는 인간들이 헛말들을 지껄였네."

헛말들이 아니었음을 정옥도 사장도 알고 있었다. 그러나 그건 그리 중요하지 않다. 정옥은 또 다른 헛말들이 자랄까, 겁이 난다. 이제 정옥이 두려운 건 사장의 또 다른 여자다. 하남의 그 여자를 이 바닥의 사람들이 안다는 것. 정옥은 냉동 창고에 갇힌 듯 으스스 몸을 떤다. 시간이 지나면 얼어 버린 생선 무더기들 옆에서 자신도 꽁꽁 얼어 버릴 것 같다. 절단 낙지 2L도 거기 있을까? 몸통에서 잘려나간, 가오리 날개 탈피도 무탈피의 날개와 함께 거기 어둡고 차가운 냉동 창고에 갇혀 있겠지. 날개 잃은 몸통은 또 어느 목록으로 분류되어 더 깊고 어두운 냉동고에 갇혀 있을까. 정옥은 창밖 저 먼 아래로 시선을 던진다. 낡은 배들이 오래된 사진처럼 붙박인 조선소 철문이 진한 녹물을 흘리며 닫혀 있다. 그 철문 양쪽 담벼락을 따라 몇 점 선혈처럼 드문드문 돋아나는 장미들. 한두 송이라 그럴까. 그건 꽃이라기보다 상처 같다. 정옥의 가슴으로도 선혈 한 점이 돋는다. 오래 전, 그 아이가 가슴에서 붉게 살아난다.

그건 누구의 잘못도 아니었다. 아이는 선천성 심장폐쇄부전증이었다. 그러므로 죽기 위해 태어난 아이였다. 3년을 버틴 건 기적 같은 일이었다고, 사망진단서를 건네주던 의사는 정옥의 앙상한 어깨를 다독였다. 아이를 묻고 나서 정옥은 미련 없이 그곳을 떠났다. 아이 아빠가 먼저 떠나고 나서였다. 그리고 스물을 버렸다. 스물을 버렸으므로 세상은 만만해 보였다. 되는 대로, 아무 생각 없이 살기로 했다. 그렇게 살았고, 살아졌으므로 신용불량자가 되는 건 당연한 일이었다. 몸과 마음이 만신창이가 되었을 때 지금의 사장을 만났다. 태어나서 처음 보는 인간 종자였다. 화물 기사로 50년을 굴러먹은 인간이었으므로 이른바 길 위 종자형이었다. 바싹 말라 눈이 퀭했다. 말이 빨랐으며 말끝마다 욕을 매달았다. 입은 품새며 얼굴이 지금과 다를 바 없었는데 사람 자체가 골목 담벼락에 마구잡이로 걸린 구제품 같았다. 눈 안쪽 가장자리엔 고름이 고인 듯 늘 굵은 눈곱이 끼여 있었다. 그때도 노인네로 보였다. 정옥은 자신처럼 아무렇게나 굴러먹은 길 위 종자가 마음에 들었다. 하룻밤 자고 나서 자신의 옷가지들을 들고 사장 집으로 거처를 옮겼다. 사장의 집은 집이라기보다는 방들이었다. 임시 거처 같은 허름한 연립주택의 두 칸짜리 달셋방.

그날, 현관을 들어서자 방들은 한여름의 열기로 들끓었다. 한증막 같았다. 한증막 같은 방에서 옷가지들을 정리하고 한숨 돌릴 때였다. 짐을 부리고 막 돌아온 사장과 오래도록 몸을 섞었다. 입주를 기념하는 의식 같은 것이었다. 길 위를 떠도느라 며칠 동안 씻지 않은 사장의 검은 얼굴이 어둠 속에 묻혀 보이지 않은 게 다행이라면 다행이었다. 그날 정옥의 손바닥에는 찐득한 무언가가 가득 묻어 있었다. 사장의 얼굴에서 묻은 땟국물이었다. 정옥은 질펀하게 번들거리는 자신의 손바닥을 타일이 떨어져나간 흐릿한 욕실에 서서 한참을 들여다봤다. 그때도 떫은 생목이 올라왔고 아찔, 현기증이 났다.

반듯하게 누워 본 지가 언제였던가. 잠자리는 매번 뒤척임의 연속이었다. 아침은 늘 안개 속에 갇힌 듯 몽롱했다. 단 한 번이라도 반듯하게 누워 죽음 같은 깊은 잠을 자고 싶었다. 그렇게 자고 나면 등뼈들의 낯선 융기는 제 본래의 모습으로 돌아와 있을 것 같다. 그러고 나면 어긋난 등뼈의 세 번째나 네 번째쯤 되는, 하남의 그 여자도 사라지겠지. 고등학생 딸이 하나 있다고 했던가. 정옥의 얼굴이 한껏 구겨진다. 가방을 뒤져 흰 종이 한 장을 꺼낸다. 어제 밤에 작성한 '접근금지가처분신청서'. 고작 생각해 낸 게 이것뿐이라는 게 정옥은 화가 난다. 하지만 하릴없는 일. 신청서에 정옥은 사실혼 관계를 내세워 사장에 대한 독점권은 자신에게 있음을 주장했다. 하남의 그 여자는 불온한 내연의 여자라는 것. 그러므로 하남의 그 여자는 자신의 행복권을 침범해서는 안 된다는 것. 그게 '접근금지가처분신청서'의 주요 내용이었다. 누구든 타인의 행복을 침범해서는 안 된다. 안 되지 않은가. 정말 그렇지 않은가 말이다. 혼자뿐인 방에서 정옥은 곁에 누가 있기라도 하듯 또박또박 말을 했다. 말이 끝나자마자였다. 당연한 회신처럼 광대뼈가 불거진 전처의 얼굴이 떠올랐다. 스물을 버리고 그곳을 떠날 때의 자신도 생각났다. 그 둘은 다른 그림이었다. 아니, 다른 그림이라고 스스로에게 우겼다. 그럼에도 쉽게 펜이 움직여지지 않았다. 한참을 머뭇거리다 천천히 그 공간을 채워 나갔다. 그럴 수밖에 없었다. 다시 신용불량자로 세상을 떠돌듯 살아갈 순 없었다. 오십의 절반을 넘어 곧 육십을 바라볼 텐데. 집도 절도 없는 육십의 여자가, 그것도 병든 몸으로 세상을 어떻게 살아간단 말인가. 정옥은 거울을 볼 때마다 휘어지는 자신의 등뼈가 불안하다. 여자이기나 한 건지. 경민의 사정을 부탁하던 원장의 말이 절단 낙지처럼 토막토막 재생된다.

"지도 남자고……. 힘들지……. 자꾸 다른 애들을 집적대고 괴롭히고……. 혹여나 일낼까 두렵기도 하고……. 나도 말 쉽게 꺼내는 거 아닙니다. …… 물론, 싫다면 할 수 없는 일이고요."

쉴 새 없이 비틀리는 경민의 팔과 다리가 활낙지처럼 정옥의 몸을 휘감아온다. 급랭의 매서운 한기가 정옥을 덮친다.

냉동 창고에도 활낙지가 있다고 했다. 이 일을 시작하고 처음 그 말을 들었을 때 정옥은 의아했다. 정옥은 그때 용달을 하던 서 씨 아저씨에게 물었었다.

"그곳에 어떻게 활낙지가 살아 있대요? 걔는 무슨 수로 그 무시무시한 얼음 창고에서 살아 있기까지 하는 거예요?"

서 씨 아저씨는 화난 사람처럼 열변을 토했다.

"말이지, 우리가 아는 그 활낙지가 아니라꼬, 잡는 즉시 배에서 바로 급랭 처리되는 낙지를 여기선 활낙지라 한다꼬, 급랭 처리되어 그만큼 신선하다는 뜻으로 그렇게 말한다꼬, 선동 오징어도 그렇고. 그래서 다른 것들에 비해 값이 비싸다꼬."

아저씨의 입가에 게거품이 부글거렸다. 정옥의 머릿속에도 게거품이 일었다. 막 잡혀 올라와 선실에서 꿈틀거리는 활낙지가 갑작스런 정지 화면처럼 영하 60도에서 급랭 처리된다는 것. 잡힌 그 순간의 분노와 발작이 그대로 얼어 버려 더더욱 싱싱하다는 냉동 활낙지. 그러므로 다른 잡것들에 비해 비싼 활낙지가 되기 위해서는 급랭 전까지 반드시 살아 있어야 한다는 것. 그것도 분노와 발작을 고스란히 간직한 채. 분노와 발작이 사라진 죽은 낙지들은 하품으로 취급되어 절단, 가공된다고 했다. 더한 것은 그것들이 가졌던 분노와 발작이 가공 처리의 엄격한 기준이 되어 L이나 2L로 분류된다는 것이다. 분류된 그것들은 머리와 몸통과 다리들이 토막토막 잘려져 박스에 담기고 붉은 노끈으로 묶여 얼음 창고에 갇힌다. 안양 제일수산의 단골 오더인 3미 활낙지 3/500. 그건 어떤 분노와 발작을 화석처럼 가지고 있을까. 원장의 말을 듣고 나서부터였다. 정옥은 급랭 처리된 3미 활낙지 3/500이 보고 싶어졌다.

정옥의 눈이 다시 창밖 담벼락에 가 닿는다. 좀 있으면 저 담벼락은 붉은빛으로 낭자해질 것이다. 온통 붉어져야만 상처는 꽃이 되겠지. 벌써 한낮은 후덥지근하다.

붉은 장미가 미친 듯이 담장을 타고 오르면 정옥은 자주 창밖을 내다본다. 오월 창밖은 온통 핏빛 장미들로 가득하다. 가만히 있다가도 눈이 저절로 그곳에 가 닿는다. 장미를 눈에 담고 온 날 밤이면 정옥은 꿈을 꾼다. 붉은 장미를 낳는 꿈. 한 송이, 두 송이를 시작으로 산란하는 붉은 알처럼 장미들이 정옥의 헐거워진 아랫도리에서 꾸역꾸역 기어 나오는 꿈. 그 꿈을 꾸고 난 아침이면 정말이지 몸을 푼 여자처럼 정옥은 가벼워졌다. 몸이 가벼워졌으므로 마음 또한 고요했다. 내 안엔 얼마나 많은 꽃들이 숨어 있는 걸까. 얼마나 많은 꽃들을 낳아야 나도 훨훨 꽃이 될까. 꽃이 되어 아이 곁으로 날아가고 싶다. 전화기 한 대가 요란하게 운다.

가락 세영유통이다. 세영은 요즘 장사가 잘 되는 모양이다. 매일 일정량의 주문이 아침 일찍 온다. 정옥은 세영유통의 송장을 선두로 가락과 안양, 청량리, 외발산 송장들을 책상 위에 나란히 펼쳐 놓는다. 김 대리가 오면 이것들을 보면서 전화 주문을 받아 송장을 작성할 것이다.

무슨 큰일이라도 난 것 같다. 여섯 대의 전화기들이 쉴 새

없이 울린다. 그때처럼 오늘도 물결 모양의 전화벨이 끊임없이 파동을 만든다. 파동은 점점 증식된다. 어지럽다. 증식되는 파동에 떠밀려 좁은 사무실이 둥둥 떠오를 것 같다. 사장의 손에 이끌려 이곳에 처음 왔을 때도 그랬다. 낯설기도 했지만 정옥은 자신의 달팽이관이 심하게 반응하는 걸 느꼈다. 여름 한낮, 털컹거리는 흰 버스를 타고 혼자 집으로 돌아오던 스물의 그때처럼. 어지러웠다. 어지럽다고, 어지러워서 도저히 이 일을 할 수 없다고 했다. 아무리 말을 해도 사장은 듣지 않았다. 자신을 떠날 것 같았던지 사장은 오히려 정옥에게 매달렸다. 이걸 너에게 줄 테니 나랑 같이 살자. 사무실만이 아니었다. 정옥의 해묵은 사채도 사장이 갚아 줬다. 그러고도 빚이 있었으나 그건 자신의 이름으로 세상에 나오지 않으면 될 일이었다. 자신의 이름으로 세상에 나올 수 없었으므로 금융과 관련된 모든 일들은 엄마의 명의를 빌려야 했다. 엄마는 팔십셋의 노모였으나 가능했다. 큰 불편은 없었다. 시간은 물처럼 흐르고 흘렀고 정옥은 자신에게 주어진 시간이 물처럼 흐른다는 사실에 안심했다. 아침에 일어나면 사무실로 출근해 배차 일을 봤고 오후에는 집으로 가 저녁을 했다. 길 떠난 사장이 오지 않는 밤이면 방마다 불을 켜고 잠을 잤다. 꿈도 무늬도 없는 잠은 달고 시원했다. 그러나 그 달고 시원함이 어쩐지 불안했다. 자신의 삶에도 이런 종류의 달콤함이 있다는 게 게 믿기지 않았다. 그 불안은 등뼈를 관통하는 통증처럼 정옥을 찾아왔다. 하남의 그 여자를 알고 나서였다. 미열처럼 어지럼증이 다시 도지기 시작했다. 언제부턴가 사장이 위쪽 지방으로 물건을 싣고 가는 날이면 통화가 되지 않았다. 전화가 꺼져 있는 날도 많았다. 오래 전 자신에게 했던 것처럼, 사장은 오늘도 그 여자를 찾아가 무릎이 닳도록 빌고 있겠지. 토라진 그 여자에게는 뭘 준다고 약속할까. 가지고 있던 것들은 전처에게, 그의 딸들에게 죄다 줘 버린 것을. 먹다 남긴 몇 숟갈 밥처럼 이 사무실밖에 없는데. 먹다 남긴 몇 숟갈 밥도 두 여자가 나눠가져야 한다면. 눈앞으로 하얗게 현기증이 인다.

현기증 너머로 김 대리가 얼굴에 열을 올리며 연신 뭐라고 중얼거린다. 양쪽 귀에다 수화기를 대고 화주들의 아침 주문을 열심히 받는다. 바쁜 오전, 정옥과 김 대리의 손과 귀와 눈이 바싹 가열된 쇠판처럼 뜨겁다. 주문량이 폭주할 때는 잠시 잠깐의 방심에도 실수를 할 수 있다. 어느 지역의 주문인지, 생선들의 사이즈나 주문량은 정확한지, 물건을 사는 화주와 파는 화주는 어딘지, 업체명은 분명한지. 모든 게 정확하지 않으면 일이 커진다. 최악의 경우 변상도 해야 한다. 그 변상의 책임자가 정옥이거나 김 대리다. 그러므로 전화 업무가 바쁜 오전은 두 여자의 신경이 날카로워 진다. 송장을 받으러 사무실을 들르는 기사들은 아침이면 누구도 두 여자에게 말을 걸지 않는다. 두 여자의 말이 창문을 넘어 쉴 새 없이 복도를 떠돌지만 누구든 말없이 복도를 서성이며 담배를 피운다. 그러다 소장이 송장을 건네면 조용히 그것을 받아 나간다.

이른 시간, 거슬리게 튕겨 오르는 피아노의 한 음처럼, 신경의 모서리를 건드리는 둔탁한 노크 소리. 노크를 하고 사무실을 들어서는 사람은 거의 없는데. 두 여자의 눈이 동시에 문 쪽으로 가 닿는다. 문이 열리고 불안한 눈부터 들이미는 낯선 남자. 청년에 가깝다. 퍼뜩 봐도 이쪽 계통의 사람이 아니다. 빤질빤질한 인상이 막 닦아 낸 구두 같다.

"정현태입니다. 전에 전화드린……."

오기로 한 그 기사다. 일순 정옥의 눈이 골똘해진다. 유심히 청년을 바라본다. 미리 외발산 쪽 일을 전담할 거라고 말했지만 정옥의 눈은 길을 잘못 든 사람을 대하는 눈빛이다. 어디를, 누구를 찾아 여길 왔는지 물어볼 것 같다.

외발산은 화주들이 까다롭고 시간이나 교통상황이 좋지 않아 기사들이 꺼리는 곳이다. 통화를 하면서 정옥이 그것까지는 말하지 않았다. 서른여덟이라는 말에 그냥 마음을 놓았다.

"어서 와요. 거기 잠시만 앉아 계세요. 좀 바쁜 시간이라…….”

정옥의 머릿속이 복잡해진다. 통화 중 무심히 흘려들었던 말들을 다시 헤아린다. 이제야 놓친 말을 다잡아 챈다. ‘남포동에서 액세서리 가게를 했어요.’ 그 말을 잘 들었어야 했다고, 정옥은 후회한다. 외발산 화주들의 물건은 대부분 고가의 수입품들이라 신경이 많이 간다. 혹여 사고가 날 경우 사무실에서 변상을 해야 하고. 그렇다면……. 늘 충혈된 눈으로 느릿느릿 말을 하는 4679 기사를 다시 떠올린다. 나이가 많아도 오히려 그쪽이 안심이다. 다시 부탁을 해야 하나. 외발산을 갔다 오면 잠을 잘 시간이 없다고, 이제 더는 가기 싫다고, 외려 정옥에게 간곡히 부탁을 했었는데. 그런데 같이 일을 해 보자고 오라 했으니 반들반들 윤이 나는 저 애를 어디에다 써먹을 것인지. 너무 반들거려 튕기면 튀어오를 것 같다. 이곳 일이 길 위의 일이라지만 쉽게 들고 나는 인간은 이제 싫다. 먹이를 찾아 구멍을 나서는 쥐의 눈처럼 정현태의 커다란 눈이 사무실을 뒤룩뒤룩 휘두른다. 가만히 보고 있자니 정현태의 눈도 물결무늬 파동에 떠밀려 둥둥 천장을 오를 것 같다. 정옥은 홍림창고 공중에 매달린 통메로의 언 눈을 생각한다. 부은 듯 툭 튀어나온 눈은 하얀 성에에 뒤덮여 있었지. 부화를 꿈꾼 죄로 얼음 화석이 되어 버린 흰 알처럼. 그 흰 알이 거기 홍림 창고 공중에 몇 개나 떠 있었던가.

또 거기, 홍림창고 13-5구역이었다. 누구도 깨트릴 수 없는 깊고 무거운 어둠. 그 어둠 속에 뭔가가 꿈틀거렸다. 두텁고 단단한 어둠을 깨느라 꿈틀거림은 어딘가 힘겨워 보였다. 그러나 그건 분명한 꿈틀거림이었다. 오랜 마법이 풀린 것일까. 희고 큰 알들이 성에와 얼음을 헤치고 있었다. 어둠을 뚫고 누군가가 죄의 시간이 지났다고 말했다. 그 소리는 커다란 울림이 되어 창고 안을 우렁우렁 울렸다. 그러고 시작된 낯선 시간들. 낯선 시간들은 등뼈를 관통하는 통증처럼 공중에 매달린 통메로들을 꿰뚫었다. 차돌처럼 언 그것들이 하나둘 공중에서 흔들렸다. 흔들림은 물결무늬를 닮아 있었고 갈수록 커다란 포물선을 그리며 출렁였다. 출렁거림은 오래도록 이어졌다. 그것은 가볍고 자유로웠으며 아름다웠다. 후렴이 잘 발달된 노래 같았고 정연한 군무 같기도 했다. 얼마 후, 흔들림이 서서히 멈춰지더니 다시 처음의 짙고 어두운 시간으로 되돌아갔다. 깊은 정적의 시간. 정적의 시간은 한동안 계속되었고 창고 안은 엄숙했다. 엄숙함 속에서 뭔가가 깨어나는 소리가 났다. 깨어나 다시 부화를 꿈꾸는 눈알들. 오랜 시간이 지난 후였다. 어디선가 한 줄기 빛이 창고 안으로 새어 들어왔다. 그리고 가녀린 울음 같은 희미한 새 소리가 들렸다. 너무 희미해 잘 들리지 않았으나 소리는 점점 웅성웅성 불어났다. 물어난 물처럼 소리는 어느새 커다란 소란이 되었다. 창고 안은 새소리로 가득했다. 그리고 얼마 후, 공중에서 알 수 없는 새의 새끼들이 바닥으로 떨어져 내렸다. 떨어져 내리다 여린 부리를 다치거나 죽는 것들도 있었다. 오랜 시간 기다렸던 부화의 꿈이 수포가 되는 순간이었다. 그럴수록 그것들은 서로를 쪼며 더 크게 울었다. 정옥은 천천히 그곳으로 다가갔다. 그들 중에서 목이 외로 꺾인, 움직임이 없는 새끼 한 마리를 집어 손바닥에 얹었다. 얇고 투명한 연분홍의 가슴엔 아직 숨이 남아 있었다. 그건 숨이라기보다 마지막 헐떡임 같았다. 정옥은 그것을 가슴에 품었다. 연약한 숨소리가 정옥의 심장을 가만가만 두드렸다. 정옥의 눈에서 뜨거운 눈물이 흘렀다. 눈물을 닦으며 뒤돌아섰다. 창고 문을 막 나서려는 순간이었다. 폭풍처럼 일제히 달려드는 새떼. 정옥을 쪼고 할퀴고 비틀었다. 정옥은 달리기 시작했다. 있는 힘을 다해 달렸다. 심장이 터질 것 같았다. 어둠이 장막처럼 온몸을 휘감았다. 얼마나 달렸을까. 한참을 달렸는데도 정옥은 거기 홍림창고 13-5 안에 있었다. 어둠에 갇혀 새떼에게 쪼이고 있었다. 누구 없냐고, 살려달라고 소리쳤다. 아무리 소리쳐도 소리는 어둠을 뚫고 밖으로 나가지 못했다. 정옥은 할 수 없다는 듯 돌아섰다. 새떼를 향해 소리쳤다. 나는 모른다! 나는 너희들을 모른다고! 몰라!

"누린가 뭔가 거기 가는 날 아니여?"

사장은 또 안절부절 무슨 말을 주절거린다.

"거기 안 가면 집에서 쉬든지. 몸도 안 좋은 사람이 어딜 따라 나서!"

등이 굽어 초로의 노인 같아 보이는 정옥이 뽀얗게 화장을 하고 사장의 화물차 앞에 섰다. 사장의 만류에도 불구하고 차 옆으로 가더니 조수석 차창이 내려진 틈으로 가방부터 휙 던져 넣는다.

"아, 쓰발! 어디다 가방을 던지고 지랄이야 지랄이!"

사장의 욕이 정옥을 따라왔다. 그러든지 말든지. 정옥은 혹시나 싶어 조수석 쪽 문을 열어본다. 열린다. 얼른 차문 앞 발 턱을 딛고 차 안으로 들어가 조수석에 앉는다.

"내려! 내리라고! 안 내려?"

아무리 소리를 쳐도 정옥은 꿈쩍을 않는다.

금요일 오후, 가락동 짐을 싣고 이른 오후에 떠나는 사장을 오늘도 따라나섰다. 남은 사무실 일은 김 대리에게 맡겨두고서였다. 행여 사장이 떠날까, 정옥은 오전부터 종종거렸다. 서둘러 배차를 끝내고 장부를 정리했다. 송장마다 운송

료를 계산해서 빠짐없이 적었다. 점심을 먹고 나서는 그것들을 모두 복사해 가방에 접어 넣었다. 마지막으로 파우치를 열어 뽀얗게 화장을 했다. 늘 마지막 주말은 정옥이 누리로 봉사활동을 갔으므로 사장은 오늘도 그럴 거라 생각했다. 그런데 정옥이 밀가루를 뒤집어쓴 얼굴로 자신을 따라온다는 게 아닌가.

"이런 쓰발할! 내리라고!"

사장은 조수석 문을 열고 정옥을 향해 고래고래 소리쳤다. 오늘따라 집요했다. 그 집요함이 정옥을 자극했다. 무슨 일이 있음을 직감했다. 가 보자고. 가서 뭔 일인지 내 눈으로 봐야겠다고. 그래야 끝을 내든지 말든지 하지.

가락동으로 가는 내내 둘은 말이 없었다. 가끔 사장이 뭔가가 불만인 듯 짜증스런 혼잣말을 했다. 정옥은 못 들은 척 차창 밖만 내다봤다. 옥천휴게소를 지날 때였다. 6시쯤이었고 밖은 서서히 어두워지고 있었다. 사장의 핸드폰이 울렸다. 핸들을 쥔 채 사장은 얼른 핸드폰 화면을 들여다봤다. 받지 않았다. 전화는 일부러 받지 않는다는 걸 아는지 길게 울리다 끊겼다. 그러나 이내 다시 울렸다. 역시 받지 않았다. 정옥의 온 신경이 사장의 핸드폰에 쏠렸다. 긴 진동음은 질기게 계속되었고 정옥의 목을 옥죄었다. 어서 진동음이 멈추어지길 바랐다. 발작처럼 정옥이 자신도 모르게 무슨 일을 벌일 것만 같았다. 분노는 이제 제어장치가 고장 나 통제 불능이었다. 핸드폰의 진동음은 제 수명이 다 했다는 듯 멈추었으나 얼마 후 또다시 울렸다. 그때였다. 정옥이 핸들 쪽으로 달려들었다. 재빠르게 사장의 손에서 핸드폰을 낚아챘다. 얼른 화면을 봤다. 짐작대로 그 여자였다. 정옥은 검지로 통화를 눌렀다.

"왜 남의 전화를 받고 지랄이야! 이 쓰발년이!"

사장의 욕이 핸드폰 속으로 먼저 뛰어들었다. 그 소리를 들었는지 여자는 곧바로 전화를 끊었다. 핸드폰을 달라고 사장은 정옥에게 온갖 욕을 퍼부었다. 욕은 더러운 물웅덩이 속 벌레처럼 우글거렸다. 게거품이 튀어 오르는 사장의 시꺼먼 입은 정말이지 더러운 물웅덩이 같았다. 정옥은 입을 꼭 다물고 두 눈에 힘을 준 채 그 욕을 다 들었다. 욕이 더럽게 우글거릴수록 정옥의 얼굴에 서리는 결의는 단단해졌다. 그러나 그 결의는 점점 순도를 잃어가는 듯했다. 눈가가 축축해지고 있었다. 정옥은 윗니로 아랫입술을 꼭꼭 씹어 눌렀다. 깡마른 악다구니로 사장을, 그 여자를 대거리할 수 있어야 할 텐데. 어금니에 바짝 힘이 들어갔다. 운전석 옆으로 사장의 휴대폰을 던지듯 내려놓았다. 그걸 사장이 얼른 집어 들었다. 그리고는 왼쪽 차문 안 홈통으로 핸드폰을 쑤셔 박았다.

"그건 왜 전화하고 지랄이야! 또 만났냐? 만나자고 약속이라도 했어?"

정옥이 또 악을 썼다.

"저기 차 세울 테니 내려. 쓰발! 내려서 다른 차로 오든지 니 맘대로 해! 아 쓰발!"

정옥은 더 이상 말을 하지 않았다. 가락동에 짐을 내리고 장호원의 집에 도착한 새벽까지 사장의 핸드폰은 고요했다.

다음 날 저녁, 그 고요는 결국 산산조각이 났다.

조기를 구워 저녁을 먹고 나서였다. 사장이 어딘가로 전화를 했다.

"와. 와서 담판을 짓자. 내가 있잖아. 택시 타고 와라. 내가 택시비 줄 테니."

핸드폰 속 누군가에게 계속 올 것을 종용했다. 정옥은 설마했다. 자신이 여기 이렇게 버젓이 있는데 설마하니 그 여자를 부를까 싶었다.

"개 올 거다. 오면 그 애 보고 니가 판단해라. 둘 중에 하나는 물러나야지. 쓰발."

얼마 후, 마당으로 차가 들어오는 소리가 났다. 사장이 벌떡 일어나 방문을 열고 나갔다. 정옥이 사장이 열어 놓은 문을 통해 밖을 내다봤다. 사장은 허겁지겁 주머니를 뒤져 돈을 꺼내더니 기사에게 택시비를 건넸다. 그리고 뒤쪽 차문을 열었다. 그런 사장은 어딘가 어색했다. 어쩔 줄을 몰라 하는 것 같기도 했고 잘못을 저지른 아이 같기도 했다. 처음 보는 모습이었다. 사장이 차문을 열자 여자가 내렸고 사장은 그 여자를 부축했다. 그 모습을 보자 정옥의 눈에 불이 올랐다. 여자는 천천히 현관 쪽으로 걸어왔다. 그런데 여자를 본 정옥은 아연 놀라고 말았다. 배가 남산처럼 불러 있는 게 아닌가. 6, 7개월은 돼 보였다. 아이를 가졌다는 것. 그것도 저 나이에. 저 지경인 걸 보면 사장은 분명 여자에게 공갈을 쳤을 것이다. 남은 몇 숟갈 밥을 얻어먹자고 애까지 가진단 말인가. 얼마나 절박했던 것일까. 얼마나 절박했기에 세상 다 된 저 늙은 사장에게서 삶의 희망을 보았단 말인가. 정옥은 할 말을 잃었다.

여자는 정옥을 힐끗 바라봤다. 보란 듯 배를 내밀고 마루로 올라섰다. 그때도 사장이 부축했다. 사장과 여자는 아무런 거리낌 없이 방으로 들어왔다. 사장이 허둥지둥 장롱 문을 열어 얇은 이불을 꺼냈다. 그걸 여러 겹 접어 여자에게 방석을 만들어 주었다.

"자 여기, 여기 앉아서 벽에…… 이렇게 기대라고. 다리를 쭉 펴고. 이 사람아 이게 편해."

사장이 벽에 기대는 시늉까지 해 보였다. 다정하고 다감했다. 정옥은 넋이 나간 사람처럼 멍하니 그 둘을 지켜봤다. 여자는 당당히 다리를 뻗었고 배를 감싸며 엉기적 몸을 벽에 기댔다. 그리고 사장을 보며 화사하게 웃었다. 사장도 여자를 따라 웃었다. 삶은 감자처럼 포슬포슬 여자의 얼굴에 분이 났다. 예뻤다. 그래 저게 여자지. 사십을 넘긴 나이라는 게 믿기지 않았다. 그 어이없는 순간에도 정옥은 여자의 얼굴로 자꾸 눈이 갔다. 새끼를 잉태한 암컷들은 다 저렇게 눈이 부시도록 황홀하지. 아마 자신도 그랬을 거라고 생각했다. 그것도 스물의 나이였으니. 가슴이 뭉클했다. 어떤 벅찬 감정이 차올랐다. 그래, 장미처럼 예쁜 새끼가 누구에게든 희망일 테지. 그 후로 자신은 그 장미를 낳을 수 없었으니. 그런데 이게 아닌데. 이렇게 물기가 들어차면 악을 쓸 수 없는데. 정옥은 독해지지 못하는 스스로를 자꾸 나무랐다.

정옥은 그만 일어났다. 스스로에게 일어나라고 다그쳤다. 침대 옆으로 가 협탁에 얹어 두었던 가방과 옷걸이에 걸린 자신의 옷을 들고 조용히 작은 방으로 갔다. 허드레로 입은 옷을 벗고 올 때 입었던 옷으로 갈아입었다. 핸드폰을 열어 콜택시를 불렀다. 그리고 아무 말 없이 현관문을 밀었다. 그런 정옥을 사장도 여자도 붙잡지 않았다. 그들은 가만히 앉아 눈으로 정옥을 배웅했다.

남쪽으로 가는 밤차는 아직 있었다. 차 안을 어른어른 비추는 차창 밖 어둠이 정옥을 끊임없이 따라왔다. 그곳에 배

부른 여자의 화사한 얼굴도 있었다. 정옥은 차창 쪽으로 앉음새를 고치며 밖의 어둠을 정면으로 응시했다. 어둠 속 누군가가 자신을 보고 있었다. 물홍어 2S. 건새우처럼 굽은 등과 작고 조글조글한 얼굴. 그건 분명 물홍어 2S였다. 벌써 한낮을 한참이나 지난 초저녁의 얼굴이었다. 여자이기나 한 건지. 그 순간이었다. 원장의 말이 다시 토막토막 재생되었다. 경민의 마구 비틀리는 팔과 다리와 초점 없는 눈도. 그곳에 가야겠다고, 경민이 3미 활낙지 3/500처럼 굳기 전에 그의 분노와 발작을 안아 줘야겠다고, 정옥은 생각했다. 그러고 나면 장미를 낳는 꿈도 부화를 꿈꾸는 통메로 눈알의 꿈도 사라질 거라고. 화사하게 분이 나는 여자로 다시 태어날 거라고. 그리고…….

정옥은 차창 밖 어둠에다 대고 뭐라 계속 중얼거렸다.

요리

"오늘은 내가 아주 특별한 요리를 준비했어. 한 번에 두 가지 맛을 즐기는 크레이지 튜나스테이크! 미국의 일식 레스토랑에서 파는 스시롤에 크레이지 튜나 롤이라는 것이 있어. 정말 크레이지 하지. 여기서 '크레이지'는 '스파이시'보다 더 맵다는 뜻이야. '핫'을 말해. 특별하게 맵다, 이거지. 오늘 만들 이 튜나스테이크 역시 크레이지 해. 전에 마누라한테 해줄 때는 냉동 참치를 사서 생선초밥이나 이탈리아식 튜나스테이크를 만들었는데, 오늘은 미국 레스토랑에서 인기 있는 샐러드 스타일의 크레이지 튜나스테이크를 응용할 생각이야. 살짝 동양적인 분위기가 나는 퓨전스타일로 연출할 텐데, 맛있을 거야. 기대해!"

변함없는 말투다. 계산된 중후와 가공의 부드러운 진실이 절묘하게 반반 섞인 목소리. 넘치지도 모자라지도 않았다. 설지도 무르지도 않아 그건 진짜 보다 훨씬 진짜 같다. 몸짓

또한 우아하다. 그런데 갈수록 오늘 우아는 어딘가 덧칠이 난다. 덧칠이 공갈빵처럼 의미 없이 부푼다.

여기까지 오는 차 안에서도 그랬다. 말이 많았고 별 웃기지도 않는 자신의 말에 고개를 외로 틀며 자주 웃었다. 뭐지? 오랜만이라 그런가? 차창 밖 풍경을 바라보던 여자의 눈이 먼 허공에서 골똘해지곤 했다.

남자는 여자가 말한 시각에 맞춰 방송국 앞으로 왔다. 무사히 여자를 픽업했고 속력을 내 달렸다. 여자를 픽업하기 전, 남자는 대형 마트에 들러 별장에서 즐길 오늘의 요리 재료들을 샀다. 메모지에 적어 둔 것들을 하나하나 체크하며 필요한 어느 것도 빠트리지 않았다. 산 재료들을 아이스박스에 차곡차곡 쟁여 넣고 차 트렁크에 실은 뒤에야 만족한 듯 양 손을 딱딱, 털었다.

다음은 꽃이었다. 양재동 단골 가게로 가 꽃을 골랐다. 남자는 여름 꽃을 좋아했다. 꽃술 저 깊숙한 안쪽까지 스스럼없이 자신을 드러내는 솔직한 관능이 마음에 들었다. 오션송이 남자의 눈을 끌었다. 그러므로 오늘은 오션송이 메인이 되는 날이었다. 오션송을 돋보이게 할 다른 꽃들도 몇 송이 더 골라 굵직하게 한 다발을 묶었다. 색들의 조화나 향기나. 남자는 자신이 고른 꽃들에 코를 묻었다. 맹렬히 뿜어내는, 암컷의 암내 같은 향기가 남자를 내쏘았다. 강렬했다. 그래,

이거야. 남자는 뭐든 강렬한 게 좋았다. 향기에 쏘인 듯 꽃가게를 내려오는 남자의 발걸음이 경쾌하게 튀어 올랐다. 후두둑 계단을 내려와 차 문을 힘껏 열었다.

긴 출장에서 돌아온 남자는 여느 때와 달리 여자 집으로 곧장 오지 않았다. 대신 밤늦게 전화를 했다. 여자는 좀 의아했지만 지구 반대편으로 날아갔다 왔으니 피곤도 하겠지, 했다. 짧게 안부를 전하고 이번엔 별장으로 가자고, 언제가 괜찮으냐며 여자에게 시간을 물었다. 여자는 다음 날 방송이 비는 오늘을 약속했고 남자는 약속을 지켰다. 여자는 남자가 특별한 무언가를 준비했음을 직감했다. 그러나 그 특별함이 여자는 신경 쓰였다.

차가 속력을 낸 지 40여 분 만에 둘은 시 외곽의 남자 별장에 도착했다. 별장은 강을 바라보며 여전히 숲속 거기에 있었다. 모던한 2층 회색 건물이 잘 숨겨 둔 애인처럼 멋졌다. 유명한 건축가의 작품이라고 했다. 차는 속력을 낮추고 별장 마당으로 서서히 밀려들었다. 차에서 내리자 별장 뒤 산자락으로 저녁 어둠이 내리고 있었다. 옅은 안개가 귀기처럼 어둠을 가만가만 흔들었다. 어둠이 두려운지 새들은 둥지로 가지 않고 한곳에 모여 시끄럽게 울어댔다. 투명한 새소리가 작은 물방울처럼 어둠 속을 둥둥 떠다녔다. 산 그림자를 안고 제 안으로 깊게 내려앉은 저녁 강이 무거운 침묵의 말들을 피워

올렸다. 그것을 바라보던 여자의 얼굴이 침울하게 잠겼다. 그것도 잠시, 여자는 하릴없다는 듯 그 말들을 애써 외면했다. 꽃다발을 들고 남자를 따라 서둘러 별장으로 들어갔다. 그랬으므로 여자는 건물에 곧 삼켜지고 말았다.

늘 그렇듯 남자는 별장의 창부터 열었다. 에어컨을 켜고 고인 공기들을 밀어냈다. 열린 창으로 뒷산 소나무 숲에서 내려오는 저녁 기운이 상쾌했다. 어둑한 뒤란에 언제 피었는지 산수국이 지고 있었다. 여자는 꽃 진 자리를 오래도록 바라보았다. 꽃이 진다는 사실이 오늘따라 서러웠다. 가슴 한쪽이 서늘해졌다. 그걸 알았던 건 아닐 텐데 남자가 때맞춰 에어컨을 껐다. 적막한 저녁 숲 소리가 고요히 창을 넘어왔다.

남자는 차 트렁크에서 꺼내 온 아이스박스를 열어 요리 재료들을 꺼냈다. 여자는 꽃다발을 식탁에 얹어 두고 유리병에 물을 받았다.

하와이 출장이 길어서일까. 남자는 여느 때보다 요리에 시간과 정성을 들였다. 요리에 집중했으므로 오늘의 요리에 대한 설명은 그리 길지 않았다. 그러나 모를 일이었다. 먹는 중에 갑자기 생각났다는 듯 재료나 소스에 대해 장황하게 말을 늘어놓을지도. 여자는 그 장황함을 견디다 체한 적이 있었다.

남자가 요리를 하는 동안 여자는 꽃을 꽂았다. 요리에는 반드시 꽃이 있어야 했다. 그게 자신의 요리를 먹는 남자의 습성이었다. 직접 요리를 하는 일이 흔치 않았으므로 남자는 요리를 먹는 분위기도 중요시했다.

"넌 요리가 뭔 줄 아니? 요. 리. 질료 료에 이치 리. 질료의 이치대로 하는 것. 뭐든 이치대로, 순리대로 해야 된다 이거지. 난 이 단어가 참 맘에 들어. 요리 하나에도 본질에 대한 성찰이 보이잖아?"

어디서 누가 한 말은 주워들어 가지고.

여자 집에 와서 요리를 시작한 날, 남자는 그렇게 말했다. 슥슥슥슥! 마술을 부리듯 한 손에 잡은 튀김용 긴 젓가락을 빠르게 엇갈려 보이면서.

남자는 한 달에 두 번 요리에 필요한 재료들과 꽃을 샀다. 여자 집에 오기 위해서였다. 그건 남자에게 아주 특별한 경우였다.

"그러니까 내 요리를 먹는 너는 아주 스페셜하다, 이거지."

말이 꾹꾹 눌러 쓴 글자처럼 또박또박 선명했다.

요리를 하기 전, 남자는 꽃을 꽂으려는 여자에게 다가왔다. 오늘도 꽃에 대한 설명이 있어야 했다.

"이 보라색 장미는 오션송이라고 하지. 파리하게 젖은 여인 같지 않아? 그래서일까. 예쁜데 나는 이 꽃은 여름에만 사. 여름에만 이 꽃은 생기를 얻거든. 이건 리시안셔스. 여름의 대표적인 꽃이야. 농염한 여자 같지? 이건 하이페리쿰. 캡슐 같은 이것들이 톡톡 터지면 제 속을 활짝 여는 노란 꽃이 되지. 이 꽃은 꽃술이 많아 좋더라. 그리고 새초롬한 난잎 조금과 그린 소국. 어, 그래 이건 레몬 잎. 유리병에 꽂으면 아주 멋진 협주가 될 거야. 우리처럼."

남자의 입꼬리가 한껏 올라간다. 입꼬리가 올라가도 남자의 얼굴엔 미소가 그려지지 않는다. 살진 볼이 빵떡처럼 부풀 뿐이다.

말을 할수록 오늘 남자가 그려내는 우아는 현란이 된다. 현란은 가짜임을 자백하는 건데. 뭘 아마추어 같이. 오늘은 좀 역하다. 또 있다. 못 본 사이 더 나온 배. 독 오른 황복처럼 숨을 쉴 때마다 온몸이 불퉁거린다. 체크무늬 와이셔츠가 부푼 배의 장력을 이기지 못하고 터져 버릴 것 같다. 저 장대한 텐션이란. 출장 가서 또 얼마나 처먹어 댄 거야.

이제 여자 차례다. 여자는 꽃들을 꽂기 시작한다. 여자의 몸짓에 침착과 조신이 그려진다. 꽃을 몇 송이 꽂다가 일부러 몸을 지그시 뒤로 빼 유리병 전체를 조망하기도 한다. 유리병은 깊고 풍만해 꽃들의 아랫도리가 여유 있게 잠긴다. 여자가 그것들을 흐뭇하게 바라보다 다시 꽃가지 하나를 집는다. 오션송의 보라와 리시안셔스의 화이트를 중심 구도로 잡는다. 난잎과 그린 소국이 이국적인 배경처럼 유리병 뒤를 장식하고. 레몬 잎은 하이페리쿰 앞쪽 가장자리에 살짝 끼워 넣는다. 연초록 레몬 잎이 조그마한 혀처럼 앙증맞게 꽂힌다.

굿이다. 여자는 눈을 반짝이며 꽃들이 꽂힌 유리병을 식탁 중앙에서 오른편으로 밀어 둔다. 그리고는 식탁 의자에 허리를 펴고 앉아 지그시 그것들을 감상한다.

"당신의 꽃 선택은 언제나 탁월해!"

쿡킹 바에서 요리를 하던 남자가 뒤를 돌아본다.

"오우! 뷰티플!"

남자의 얼굴이 또 빵떡이 된다.

남자는 여자보다 키가 작다. 여자가 168이니 남자는 165쯤 될까? 더 아래로 보일 때도 있다. 여자는 자신의 시선 아래서 잰 동선을 그리며 알짱대는 남자를 그윽한 눈으로 바라봐 준다. 당신이 최고야. 여자는 자신의 눈에 최대한 그것을 담아 낸다. 남자는 여자의 그런 눈빛을 좋아하니까. 그쯤이야. 이제 여자는 숙련된 조련사 같다. 남자는 목도 짧아 어깨선과 목선이 수평을 이룬다. 쭉 찢어진 눈에 제 성깔대로 고집부린 볼록한 뻘따구와 배라니. 다행히 염색한 갈색머리가 남자의 고집을 조금 풀어내 준다. 그것마저 들큼한 인공감미료 같지만 못 봐 줄 만큼은 아니다. 세상에 사람 종자도 가지가지야. 남자의 인상은 누가 봐도 그런 말을 하게 했다.

그 종자의 출처에서 눈 밝은 자는 프렌치 불독의 유전자를 찾아낼 수도 있을 것이다. 그러니 세상 공평하잖아? 남자를 아는 누구라도 그런 말을 하게 했다. 그러나 그건 그쪽에서 할 말은 아니다. 뭘 아마추어같이.

가공의 속성이 그렇듯 여자는 남자가 보여 주는 것들이 가짜에 가깝다는 걸 안다. 실상 남자가 보여 주는 부드러움은 진실이 외려 그 반대편에 있음을 말하고 있다. 대척점 저 깊숙한 안쪽에 남자의 부드러움을 안간힘으로 죄고 있는 신경증적인 나사를 여자는 여러 번 봤다. 그보다 더한 진실은 그 경박한 나사의 움직임은 날씨의 변화만큼이나 짐작이 힘들며 언제든 풀려나 누구에게든 날카롭게 날아간다는 사실이다. 나사가 풀리면 터지듯 밀려 나오는 남자의 신경증적인 내용물들은 감당이 어려웠다. 그것들은 걸쭉하게 말아 놓은 저녁 개밥 같아 그 근원이나 정체를 알기도 힘들었다. 나사의 날카로움 또한 생각보다 단호하고 치명적이었다. 더 치명적인 건 그로 인한 카드 한도액의 급하강이었다. 카드는 남자가 여자에게 준 vvip카드였다. 여기까지 봐야 남자의 부드러움을 제대로 보는 거다.

여자는 몇 번의 만남 후, 자신의 분류법에서 남자를 두 번째 인간형에 넣었다. 두 번째 종류의 인간이었으므로 여자의 전략 또한 그쪽 방법을 따랐다. 돈만 가진 인간들이란 제 몸

집만큼이나 큰 열등감을 깐깐한 자존심으로 방어하려 든다는 것에 여자는 포인트를 두었다. 여자가 하는 일이란 남자의 두터운 자존심의 갑옷을 가만가만 두드리며 경이로운 표정으로 '나이스'나 '굿'을 외쳐 주는 거였다. 진실로 당신만이 이 세상 최고의 남자라는 걸 말해 줘야 했다. 그런 말을 할 때는 혀를 살짝 굴리고 말의 톤을 높이되 너무 높지도 낮지도 않게, 최대한 감정의 원안을 숨긴, 멋진 가짜 얼굴이 필요했다. 여자에겐 그게 가능했다. 완벽하게 가짜였으므로 완벽하게 진짜일 수 있었다. 그랬으므로 여자는 진짜와 가짜를 단박에 구분할 줄 알았다. 가짜인 남자의 가볍고 신경증적인 나사를 굳이 흔들 필요는 없었다. 그건 아주 어리석은 짓이며 제로게임에서 제 먼저 제로가 되겠다는 자기 포기 선언이었다. 포기라니! 인풋에 비해 아웃풋이 주렁주렁인데? 그러나 남자에겐 여느 남자들과 달리 주안점 하나가 더 있었다. 요리였다. 남자가 만든 요리를 아주 맛나게 먹어 줘야 했다. 그리고 세상에 없는 여자만의 표현으로 남자의 요리를 감탄해 줘야 했다.

오늘도 여자는 멋진 감탄의 말들을 준비했다. 남자가 커다랗고 화려한 영국산 풀 접시에 크레이지 튜나스테이크를 담아 식탁에 내려놓는다. 여자는 포크와 나이프를 찾아 식탁을 세팅한다. 식탁 중앙에서 오른쪽으로 꽃들이 놓이고 와인 잔

두 개를 그 앞으로 내려놓았다. 화려한 접시에 담긴 크레이지 튜나스테이크는 소스에 뭉근히 잠긴 채 고요하다. 파슬리와 브로콜리와 방울토마토가 화사한 하객처럼 그 옆을 장식했다. 남자와 여자는 서로 마주 보고 앉았다.

"이 소스 말이야. 오늘 색깔 제대로네! 내가 오가닉 재료들만 쓰잖아. 그래서 그런 거야. 오가닉이 아니면 이런 색깔이 나나 어디. 마늘, 할라피뇨 고추, 청양고추를 믹서에 곱게 갈아 올리브유, 즙을 낸 라임, 소금, 후추, 꿀을 넣고 섞은 거야."

그러면 그렇지. 소스에 대한 말을 잊지 않는다. 자신이 만든 어떤 것이든 특별하다고 생각하니까.

스테이크 한 조각을 포크에 찍어 들고 여자는 남자를 그윽이 바라본다. 행복한 미소가 온 얼굴에 번졌다. 여자의 저 얼굴은 진짜인가 가짜인가. 이젠 도무지 분간이 어렵다. 스테이크 위에 윤기가 도는 황갈색 소스가 잘 졸인 캐러멜처럼 발렸다. 마냥 달콤할 것만 같은 소스의 나른함이란. 그러나 거기엔 할라피뇨 고추의 독한 매운 맛이 칼처럼 숨어 있다. 크레이지 튜나스테이크를 입에 넣는 순간 칼끝 같은 매운맛이 입안을 쏜다. 남자의 요리엔 이런 종류의 독한 맛이 늘 숨어 있다. 이런 맛을 연출하는 남자의 의도를 여자는 이제 안다. 중독에 들라는 것, 부디 나에게 갇혀 달라는 것.

여자는 남자에게서 커다란 벙커를 봤다. 사고처리가 끝나고 처음 만난 자리에서였다. 남자는 게거품을 물고 자신의 자산에 대해 떠벌렸다. '제주도 토스카나 호텔 알죠? 그 옆 용주농원이 내 꺼고, 브라질 채권이…….' 그러다 말을 멈춘 잠시 잠깐, 앞에 놓인 맥주잔을 들 때였다. 순간이었으나 여자는 남자의 작은 눈에서 뻥 뚫린 공허를 봤다. 쌓인 돈으로도 메울 수 없는 자기 부재의 텅 빈 공터. 이런 종류의 남자는 어디를 치고 들어가야 제대로 된 공명음이 나는지 여자는 잘 알고 있었다. 그 공명음이 남자를 요리할 신호라는 것까지도.

소스가 듬뿍 발린 스테이크 한 조각을 남자가 입에 넣으며 오른쪽에 놓인 꽃을 본다. 얼굴이 흐뭇하게 젖는다. 이제 자신의 시선이 머무는 어디든 그 자리는 빛을 내며 반짝인다. 삶은 아침 햇살만큼이나 눈이 부시다. 굿이다. 꽃에 머문 남자의 눈은 그렇게 말하고 있다. 그 눈이 여자를 바라본다. 여자는 남자의 눈을 벌써 읽었다.

"핫한 게 감옥 같은 맛이야. 당신의 그것에 갇혔을 때의 독하고 매운 맛. 매운 그 끝은 또 얼마나 아찔한지. 사일로사이빈에 취해 도달한 강렬한 오르가즘 같은. 온몸이 아릿하게 젖잖아?"

여자의 말은 황갈색 소스만큼이나 나른하게 감긴다. 그

러나 그건 거짓말이다. 남자는 여자를 가둔 적이 없다. 그러질 못한다. 11년이라는 나이 차이 때문만은 아니다. 살진 남자는 매번 오래 버티질 못했다. 시작과 동시에 숨을 헐떡였다. 짧은 목에서 올라오는 가쁜 숨결에선 늘 단내가 났다. 남자는 금세 질금거리며 물러났다. 거기에 당뇨와 고혈압이라니. 세상 공평한 거? 맞다. 어차피 여자가 남자에게서 얻으려는 건 그게 아니었으므로 살진 남자가 오래 버티지 못하는 건 문제가 안 된다. 오히려 다행스런 일이다. 여자는 남자가 해 준 요리를 맛있게 먹어 주고 남자가 원하는 포지션으로 하룻밤을 보내 주면 된다. 그리고 정해진 한 달 한도액을 알뜰히 쓰고 행복한 얼굴로 '나이스'나 '굿'을 외쳐 주는 것. 그게 여자가 할 일이다. 여자는 그 한도액으로 유학 중인 딸의 학비와 생활비를 충당한다. 연하의 애인이 따로 있으니 그건 거기서 충당하면 되고.

"캬아! 지금까지 내 요리를 너만큼 잘 아는 사람도 없었다. 넌 뭘 좀 알아. 멀티스러운 데가 있단 말이지. 그것도 그렇고. 하하하!"

멀티스럽다? 인간이, 좀 안다는 영어는 아무 데나 갖다 붙인다니까. 그게 더 싼티인 줄도 모르고.

남자가 여자의 눈을 그윽이 바라본다. 눈빛에 몽롱한 기운이 서렸다. 여자도 남자의 눈을 바라봐 준다. 여자 눈에도 촉촉한 분홍 기운이 아련 차오른다. 그것을 본 남자의 입가가 희미해진다. 손에서 포크와 나이프를 내려놓는다. 천천히 여자에게로 다가간다. 머리카락이 탐스럽게 내려온 여자의 뒷목덜미로 손을 집어넣는다.

"넌 나만이 아는 여자. 유일하게 나를 아는 여자. 그래서 넌 아름답지."

남자가 두 손으로 여자의 머리를 감싸 자신의 가슴에 파묻는다. 여자는 남자의 가슴에서 자신의 숨결을 뜨겁게 가열시킨다. 여자 내부에는 남자 매뉴얼로만 프로그래밍된 장치가 따로 있어 남자와 관련된 무엇이든 자연스레 발현된다. 남자는 여자가 발현해 내는 것들을 마음껏 즐긴다. 멋진 요리처럼 남자의 입맛에 딱 맞다. 그건 어쩌면 당연한 일일지도 모른다. 남자의 카드를 받은 누구든 뼈 없는 인간처럼 흐물거렸으니까. 그 카드는 누구나 가질 수 없는 카드였으므로 아내든 아들이든, 카드의 자장 안에서 벗어나질 못했다. 여자 역시 그 자장 안에 갇힌 인물이라고 생각했다. 가열된 여자의 숨결이 남자의 가슴에 진동음을 낸다. 그 진동음이 남자의 텅 빈 공터를 울린다. 여자는 그 소리를 알아듣는다. 여자가 팔을 벌려 남자의 허리를 끌어안는다. 남자가 오른손을 뻗어 가까이에 있는 여자의 와인 잔을 잡는다. 얼마 남지 않은 여자의 와인을 마신다. 뭔가가 생각난 듯 남자는 마지막 한 모금은 입안에 가둔다. 남자가 여자의 팔을 풀고 자신의 가슴에서 여자의 얼굴을 조금 밀어낸다. 남자의 가슴에서 밀려난 여자가 남자를 올려다본다. 남자도 여자를 내려다보다 여자의 눈높이만큼 어깨를 내린다. 와인이 살짝 묻은 남자의 검붉은 입술이 여자의 입술로 다가간다. 남자의 입술이 열리고 남자는 입안에 가둔 한 모금의 와인을 여자의 입으로 흘려보낸다. 여자의 입으로 건너간 와인은 붉은 입술을 물들이며 여자의 목젖을 넘는다. 남자는 여자의 목젖에서 와인이 넘어가는 자취를 눈으로 좇는다. 남자의 입이 여자의 목덜미로 다가간다. 몇 방울 흘린 와인이 아쉽다는 듯 남자는 혀를 길게 내민다. 검붉은 긴 혀가 여자의 목덜미를 핥기 시작한다. 목덜미를 핥던 남자의 입이 여자의 가슴골을 타고 내려온다. 그 사이 남자는 민첩하게 두 손을 움직여 여자의 흰색 슈트를 벗겨 낸다. 여자는 순식간에 동그란 알몸이 된다. 여자가 식탁 옆 바닥으로 미끄러지듯 눕는다. 누운 여자 위로 남자가 내려와 눕는다. 여자 역시 허겁지겁 남자의 옷들을 벗겨 낸다. 부푼 남자의 흰 배가 드러나고 여자와 남자가 오가닉 소스처럼 서로에게서 걸쭉하게 뭉개진다. 덥고 미끈한 기운이 그들 사이에서 자욱하게 피어난다. 거친 숨결들이 어지럽게 뒤섞인다. 식탁 위 영국산 풀 접시엔 핫하게 매운 황갈색 소스가 아직 반이나 남은 크레이지 튜나스테이크를 흥

건히 품고 있다.

"오늘 밤엔 오랜만에 색다른 걸 한번 해 보자. 날 따라만 하면 돼. 알았지?"

불룩한 배를 밀어 넣으며 남자는 셔츠의 마지막 단추를 채운다. 식탁 의자에 다시 앉아 접시에 묻은 소스를 남은 빵 한 조각으로 닦아 먹는다. 오물거리는 입가가 느끼하게 풀어진다. 빵을 삼킨 남자는 쩝쩝 입맛을 다신다. 벌써 머릿속으로 뭔가가 그려지는 모양이다. 살짝 여자의 눈살이 찌푸려진다.

"놀라게 하진 마. 또 그러면 정말 가 버린다?"

갈수록 남자의 취향은 요령부득이다. 낯설고 엉뚱하다. 여자가 낯설어할수록, 그리하여 달아나려 할수록 남자는 여자에게 집중한다. 그 집중은 어쩐지 할라피뇨 고추의 독한 맛 같다.

"걱정 마. 오늘 요리처럼 특별한 맛일 거야."

남자 얼굴이 얄궂게 일그러진다. 저 불퉁한 불균형이 여자는 불안하다.

"…… 내 아랫동서 말이야. 전에 내가 말하지 않았나? ** 신문 논설위원이라는. 걔가 이번에 책을 냈잖아. 논어를 현대 패러다임에 맞게 풀어낸 책이라나 뭐라나. 내가 출판기념회

해 준다고 그 신문사 강당을 빌렸어. 걔가 안 하려고 하는 걸 내가 해 준다고 하니까 짜식, 은근히 좋아하더라고. 시장도 와서 축하 연설한대."

스테이크를 한입 문 남자의 얼굴이 굳는다. 어깨가 바짝 다려 세운 사각 모서리처럼 빳빳하게 살아난다. 대외적으로 얼굴이 필요한 자리에는 손아래 동서를 꼭 데리고 다녔다. 그 동서를 위해 따로 별장까지 지어 줬으니.

"…… 그러니 걔가 내 말을 왜 안 듣겠어? 떨어지는 콩고물이 얼만데? 지 봉급으론 그런 별장 죽어도 못 짓는다. 택도 없지."

남자는 격조 있고자 하는 자신의 삶에 주변의 모든 것들이 공조해야 한다고 생각한다. 공조하지 않으면 가차 없이 응징이 내려졌다. 자신이 내준 카드를 정지시키거나 한도액을 과감하게 삭감했다. 남자에게 카드란 주변부를 움직이는 원격조종 장치였다.

그 공조에 여자의 딸도 필요했던 걸까. 남자는 가끔 여자의 딸에 대해 묻기도 했다.

"일리노이 대학이 명문이긴 명문이지. 시카고에 있나 그게? 잘 있지? 걔는."

언제 봤다고. 일면도 없는 여자 딸이 남자는 왜 궁금한 걸까. 그렇게 생각했음에도 여자는 딸을 궁금해하는 남자를 놓치지 않았다. 자분자분 딸의 얘기를 들려줬다. 서로를 위해 필요한 대목이었다.

"시카고에서 남쪽으로 3시간 가면 어바나와 샴페인 사이에 있어. 미국 최우수 주립대학교라는 건 알고 있지?"

"오우, 그래?"

남자의 작은 눈이 또 쪽 찢어졌다.

"잘 있어, 걔는. 워낙에 학구파라."

"언제 내가 한 요리로 밥 한번 같이 먹어야 될 텐데."

"그러게."

뭘 그렇게까지나. 밥 한번 먹자는 얘기는 언제나 빠지지 않았다. 여자는 그럴 생각이 전혀 없다. 남자 입에서 밥 얘기가 나올 즈음이면 여자는 얼버무리듯 딸 얘기를 끝냈다.

여자는 남자를 만나고 나서 작은 집으로 옮겨 앉으려는 생각을 접었다. 딸아이가 미국 명문 대학으로 입학을 하자 여자는 경제적으로 어려워졌다. 남편이 죽고 나서도 떠나지 않던 곳이었다. 이 도시에서 아파트 이름만으로도 모든 게 설명되는 곳이었다. 누군가에게 이곳에 산다고 말할 때가 여자는 좋았다. 패인 상처가 아무는 것 같았다. 남자의 집도 여자와 같은 아파트였다. 물론, 남자의 집이 더 컸다. 여자의 집에서 왼편으로 돌면 산책로가 조성된 숲이 있다. 그곳을 배경으로 한 동만 지어진 100평대의 9가구. 거기 903호가 남자

집이다.

남자가 여자를 만난 건 아파트 입구에서였다. 사소한 접촉 사고였다. 남자는 퇴근길이었고 여자는 출근길이었다. 짜증스레 찌푸려졌던 남자의 얼굴이 차에서 내린 순간 활짝 펴졌다. 남자는 단번에 여자가 마음에 들었다. 그녀는 홈쇼핑 호스트였으므로 그건 어쩌면 당연한 일이었다. 사고는 여자의 부주의로 생겼으나 남자는 여자의 차까지 말끔하게 고쳐 주었다. 그 후, 남자는 여자의 집을 드나들었고 올 때마다 요리를 했다. 매번 특이한 요리였다. 여자가 홈쇼핑에서 파는 염장 고등어나 훈제 오리, 돼지고기 주물럭 따위가 아니었다.

"그런 건 기름 빠진 개들이나 먹는 거야."

남자에겐 모든 게 특별해야 했다. 섹스의 상대조차도. 최상급이어야 했다. 자신이 한 요리를 먹어야 했고 자신이 세팅한 속옷을 입어야 하며 자신의 요구대로 움직여 줘야 했다. 그렇게 해야만 대광주리에 담겼던 시꺼먼 보리밥과 고추장과 새까만 고무신과 누런 책보를 잊을 수 있다고 생각했다. 다른 집들이 전깃불을 환하게 밝힐 때조차도 오래도록 호롱불을 켜야 했던 어두운 단칸방 시절을, 공고를 졸업하고 일찍 공장으로 취업을 나가야 했던 과거를, 죄다 걷어내 준다고 믿었다. 그 믿음을 위해 남자는 어떤 노력도 아끼지 않았다. 특허를 낸 마이크로타공망의 플래트 철판이 대박을 내면서 남자는 그 계통의 대부가 되었다. 대부가 되자 많은 이들이 몰려들었다. 제일 먼저 달려온 건 명문 대학을 나온 유명 은행 지점장이었다. 남자는 세상 모든 게 자기 식으로 돌아가야 했다. 그렇지 않은 경우도 그렇게 만들었다. 가능했다.

남자가 드나들면서부터 여자의 집은 남자의 취향에 맞게 새롭게 단장됐다. 그 모든 비용을 남자는 기꺼이 지불했다. 그때부터 여자는 남자를 향해 이렇게 말했다. 나이쓰! 나이쓰! 배리배리 굿!

실제 남자의 요리는 여자 입에 맞지 않았다. 남자는 여자가 뭘 좋아하는지 물어본 적이 없다. 그저 자신의 생각대로, 하고 싶은 대로 요리를 했다. 요리들은 주로 강한 맛을 담고 있었다. 강한 맛은 억지스런 강요 같아 여자는 거북했다. 무심하게 생각했던 요리조차 입안을 후려치는 매운맛에 혼이 난 적이 있었다. 홍합 볶음이었다.

남자가 내놓은 홍합 볶음은 근사했다. 커다란 홍합이 야들한 주홍으로 잘 익어 먹음직스러웠다. 어디에도 매운맛이 있을 거라고는 짐작되지 않았다. 여자는 군침을 삼키며 젓가락을 들었다. 홍합살을 입에 넣은 순간이었다. 여자는 눈물을 흘리며 입에 든 것을 뱉어냈다. 뭘 그걸 가지고 그래? 남자는 여자가 호들갑을 떤다고 생각했다. 여자는 눈물을 머금은 채 남자를 바라봤다. 뭘 어떻게 한 거냐고 여자가 따지듯 물었다. 남자는 스코빌 스케일이 최고인 부후트 조로키아 칠리 고추를 썼다고 했다. 미소를 머금고 꽈리처럼 생긴 주황의 작은 고추를 들어 보이기까지 했다. 제대로 된 매운맛을 이 고추가 품고 있다며 자랑처럼 말했다.

"내가 매운 요리를 왜 하겠어. 매운 뒤에 밀려오는 뒷맛 때문이야. 모든 게 싹 씻겨 내려가잖아. 그 개운한 걸 왜 몰라? 바보같이."

홍합을 먹으란 건지 매운 고추를 먹으란 건지. 도대체 뭘 요리한 거야.

홍합은 바닷가가 고향인 여자에겐 친근한 먹거리였다. 남자의 매운 홍합 볶음은 바다향이 은은하게 퍼진 국물과 속살의 따뜻한 기억을 한꺼번에 박살냈다. 그 후, 박살난 기억을 회복하려 여자는 포장마차를 찾았다. 서비스로 제공되는 것 말고도 돈을 주고 홍합탕을 더 시켜 먹었다. 그러기를 몇 번, 다행히 여자는 매운맛을 헹궈내고 기억을 회복했다.

여자에겐 아직 기억을 회복하지 못한 요리가 있다. 입은 원하지만 마음이 허락하지 않는 요리. 고등어탕이다.

여자의 엄마는 고등어탕을 잘 끓였다. 여자의 고향에서 잘 해 먹던 요리였다. 별미였던 고등어탕을 식구들이 아주 좋아

했다. 통통통통! 아버지가 막 잡아 온 싱싱한 고등어를 엄마는 내장만 긁어내고 통째 잔칼질을 했다. 잔칼질로 짓이겨진 고등어를 데친 무청과 함께 된장을 풀어 끓이는 탕. 가을이 제맛이었다.

여자가 중학생이던 늦가을이었다. 모처럼 고등어탕이 오른 밥상을 두고 여자의 식구들이 저녁을 먹고 있었다. 아버지가 언니에게 또 잔소리를 시작했다. '머리가 나쁘니 주산 부기 급수라도 부지런히 따 둬야 먹고산다. 그것도 못 하면 시집도 못 가고 굶어 죽어!' 아버지 잔소리의 주된 메뉴였다. 그날 언니는 폭발했다. 밥상에 수저를 탁탁 내려놓고는 제 방으로 가 주판을 가지고 나왔다. 맨발로 현관을 내려서더니 현관 유리문을 소리나게 열었다. 그리고는 보란 듯이 현관 벽 모서리에 대고 주판을 박살냈다. 와르르! 주판 알갱이들이 팥알처럼 현관바닥으로, 마당으로 흩어졌다. 그 알갱이 하나가 굴러와 여자의 목젖을 막았다. 여자는 더는 밥을 먹을 수 없었다. 두 동강이가 난 주판을 언니는 마당에 내던지고 집을 나갔다. 그리고 돌아오지 않았다. 그 후 엄마는 고등어탕을 끓이지 않았다. 언니가 돌아오고 나서야 엄마는 고등어탕을 끓였다. 언니가 돌아온 날, 모처럼 온 식구가 둥근 밥상에 모여 앉아 고등어탕으로 저녁을 먹었다. 그날 여자는 처음으로 아버지의 눈물을 봤다.

언니가 돌아온 것은 초등학교 교사가 되어서였다. 이를 악물고 공부를 했다고 했다. 집을 나간 그 길로 서울 가는 밤기차를 탔다고 했다. 우여곡절 끝에 어느 봉제 공장에 취직을 했고 낮엔 일을 하고 밤엔 공부를 했다고 했다. 검정고시와 교육대학을 거쳐 언니는 당당히 교사가 되었다. 그러나 언니는 시집도 못 가고 하늘나라로 갔다. 악성림프종 진단을 받은 지 6개월만이었다. 그 옛날 아버지 말이 좋은 씨앗이 되어 발현된 듯했다. 시집도 못 가고 죽는다는 아버지의 잔소리가 귓가에서 웅웅거렸다.

식사가 끝나고, 남자는 식탁의 그릇들을 거둬 설거지를 시작한다. 여자가 남자 옆으로 다가가 선다. 여느 때처럼 설거지를 도우려 하자 남자가 여자를 밀쳐 낸다.

"이건 내가 할 거니까. 먼저 씻고 준비하고 있어. 특별하게 준비한 게 있거든."

말이 남자 입에서 들큼하게 감긴다. 들큼한 여운 끝에 와인 냄새가 연하게 건너온다. 특별하다? 특별하다고? 여자는 속말을 중얼거린다.

이제 여자는 남자가 말하는 특별함이 싫다. 그건 강조점처럼 간간이 등장했지만 언제부턴가 여자를 힘들게 했다. 그럼에도 여자는 남자를 떠나지 않았다. 여자가 고개를 흔든다. 가슴 저 먼 곳에서 또 뭔가가 물컹거린다. 최근 이런 종류의 물컹거림은 여자를 자주 혼란에 빠트린다. 혼란스러울수록 여자는 약을 찾는다. 남자가 해외 출장에서 돌아와 선물로 주었던 작은 병의 약은 이런 상태에 든 여자를 잘 다스렸다. 순간적 나락은 모든 걸 잊게 하잖아. 수치도, 도덕도, 쾌락도, 심지어 나까지도. 그 후는 깨어나서 생각할 일이고.

"그럼 나 먼저 방으로 간다?"

여자가 물을 한 컵 들고 방으로 향한다. 방으로 들어가기 전, 남자를 돌아본다. 황급히 뭔가를 삼키며 물을 마시는 남자. 그러므로 대답이 이내 건너오지 않는다.

"…… 어. 그래……."

남자가 허둥대며 여자를 돌아본다. 그런 남자를 여자는 눈치채지 못한다.

여자는 침대가 있는 방으로 들어온다. 리모컨을 눌러 붉은 조명만 켜고 조도를 낮춘다. 침대 머리맡에 걸린 리본을 풀어 캐노피를 친다. 레이스 장식이 화려한 흰색 캐노피는 이곳이 아무나 들어올 수 없는 비밀의 성이란 걸 말해 준다. 이 모든 건 남자의 취향이다. 여자는 캐노피를 눈으로 천천히 훑는다. 저 화려한 변별은 외려 자신의 하찮음을 스스로 증명하는 게 아닐까. 병신 같은 새끼. 뭐가 진짜인 줄도 모르고.

침대 옆에 세워진 커다란 거울로 눈이 간다. 거울 속 여자가 희미하게 웃고 있다. 여자가 거울 앞으로 좀 더 다가간다. 상체를 숙여 가만히 거울 속 여자를 들여다본다. 웃고 있는 여자가 여자를 본다. 거울 속 여자를 보며 여자는 천천히 옷을 벗는다. 드러나는 흰 살결이 식육점에 걸린 거대한 고기 같다. 어깨에 힘을 주고 여자는 거울 속 흰 살결을 더욱 부풀려 올린다. 두터운 비계 덩어리가 점점 비대해진다. 비대해진 덩어리가 오늘은 마음에 든다. 흰 살을 감싸고 있는 여자의 살색 스타킹이 눈에 거슬린다. 여자는 스타킹을 벗는다. 돌돌 말아 거울 뒤로 던져버린다. 그럼에도 미련스레 남아 있는 검은 속옷이 여자의 욕망을 강조한다. 나뭇잎 같은 이 한 세트가 수백만 원이라고 말했었지. 검은 나뭇잎을 헤치고 여자의 저 깊은 가슴골을 타고 내려오다 남자는 하산 직전에 그만 아득해지곤 했다. 아득해진 남자를 여자는 잔인하게 벼랑 끝으로 밀쳐 냈지. 추락의 희열에서 남자는 까마득히 자지러졌지만, 그 추락이 여자에게도 어쩔 수 없는 것이었음에랴. 지독한 중독처럼.

군살 없는 허리가 오늘도 아찔하다. 여자는 핸드백을 찾아 파우치를 꺼낸다. 파우더 향이 강한 아프리모 페로몬 향수를 목덜미에 살짝 문지른다. 그리고 다시 거울을 본다. 완벽해. 그럼에도 여자는 망설인다. 핸드백을 뒤져 조그마한 약병을 꺼낸다. 약병에서 베니드릴 한 알을 꺼내 한참을 바라본다. 얼마 후, 여자는 분홍 알약을 삼킨다. 그리고 침대로 가 눈을 감고 반듯이 눕는다. 어서 약 기운이 퍼지길. 꾹 누른 버튼처럼 여자의 눈자위가 깊게 잠긴다. 긴 여행에서 돌아온 사람처럼 여자는 나른하다. 눈꺼풀 안으로 분홍 섬들이 점점이 떠오른다. 여자는 그 섬으로 간다. 바다가 보이는 마을 입구. 섬 둔덕에 서서 언니가 손을 흔들며 여자를 부른다.

옥희야!

딸깍. 문 열리는 소리가 섬을 헤매는 여자를 깨운다. 여자의 온 신경이 문 쪽으로 향한다. 남자가 다가온다. 여자는 기척을 느끼면서도 꿈쩍을 않는다. 아니, 할 수가 없다. 약 기운이 여자를 어둠 밖으로 데려갔다. 꿈쩍 않고 누운 여자를 남자가 가만히 내려다본다. 약을 먹고 여자가 제 먼저 달아나고 있다는 걸 알았던 걸까. 남자가 허겁지겁 옷을 벗는다. 남자의 몸에서 땀 냄새와 향수 냄새와 소스 냄새와 또 무슨 냄새가 뒤섞여 정체불명의 개밥 냄새가 난다. 냄새를 이끌고 남자는 다급히 여자의 몸을 더듬고 핥는다. 여자의 목덜미에서 멈춰진 남자의 입과 코가 한껏 벌어진다. 발정 난 불독처럼.

"기다려. 비겁하긴."

갑자기 남자가 허겁지겁 밖으로 나간다. 조그마한 사각 가방을 들고 이내 들어온다. 무언가를 꺼낸다. 빨간 망사 스타킹과 가위다. 여자가 그걸 봤는지 굼뜨게 몸을 일으켜 세우다 그만 털썩 누워 버린다. 희미해지는 의식이 여자를 온전히 붙들어 세우지 못한다.

"왜 그래? 뭘 또 하려고……."

여자의 말이 희멀건 죽처럼 힘없이 흐른다. 희멀건 죽엔 죽뿐이다. 양념이나 소스의 강한 맛처럼 항거의 의지 따윈 없다. 당신 마음대로 하라는 함락의 체념만이 저녁 강의 안개처럼 피어오른다. 남자는 여자의 팬티를 벗기고 빨강 스타킹을 신긴다. 그러나 힘을 잃고 늘어진 여자 몸으로 빨강 스타킹은 제멋대로 휘돈다. 남자는 안간힘을 쓴다.

"야! 똑바로 해 봐! 뭐야?"

남자를 죄고 있던 신경증적인 나사가 풀릴 모양이다. 씨근덕거리는 숨소리가 방 안을 울린다. 남자의 손길이 바쁘게 움직인다. 짐승의 피를 본 하이에나가 저럴까. 기어코 먹고 말겠다는 저 단호함이란. 여자를 반듯이 누이고 속옷을 벗겨 낸다. 여자의 발치로 내려와 앉는다. 여자의 가랑이를 한껏 벌려 한 발 한 발 빨강 스타킹을 천천히 끼워 올린다. 괴기 영화의 한 장면처럼 빨강 스타킹이 여자의 작은 발을 소리 없이 먹는다. 가랑이가 벌어진 여자의 흰 살덩이 위로 욕망의 붉은 사슬이 기이하게 드러난다. 됐다. 이번엔 가위를 든다. 몸을 숙여 거웃이 숭숭한 여자의 중심 부위를 동그랗게 오려낸다. 그 모습이 요리를 할 때처럼 진지하다. 망사는 붉은 살점처럼 동그랗게 오려진다. 오려진 망사 조각을 남자는 침대 아래로 아무렇게나 던져 버린다. 그리고 깊게 잠긴 여자의 흰 얼굴을 물끄러미 내려다본다.

"일어나. 장난치지 말라고. 다 안다니까!"

남자는 그만 폭발해 버릴 것 같다. 오늘 남자가 준비한 것에 따르면 여자가 깨어 있어야 했다. 전처럼 약에 비틀어진 상태를 원했던 게 아니었는데. 안 되겠다는 듯 남자가 다시 여자 위를 오른다. 남자의 몸이 또 격렬하게 움직인다. 그럼에도 여자는 움직임이 없다. 남자의 격렬한 움직임을 따라 이리저리 밀릴 뿐이다. 남자의 움직임이 요란해서일까. 여자의 손이 힘없이 들추어지다 이내 쓰러진다.

"놔…… 놔……."

여자의 말은 미약하다. 그 소리를 남자는 알아듣지 못한다. 아니, 알아들으려 하지 않는다.

남자가 벌떡 몸을 일으킨다. 여자의 뺨을 몇 차례 후려친다. 여자를 다시 거세게 흔든다. 여자는 깨어나지 않는다. 남자가 여자의 아랫도리를 내려다본다. 뭔가를 생각한 듯 고개를 숙여 동그랗게 벌어진 구멍을 손으로 벌리기 시작한다.

빨강 망사 스타킹이 마구잡이로 찢어지며 구멍은 점점 커진다. 찢어 넓게 벌어진 구멍을 붉은 조명이 낭자하게 비춘다. 찢어진 구멍을 조준하며 다시 남자는 여자 위를 오른다. 조준된 그곳에서 남자는 제 홀로 다시 격렬해진다. 툭 불거진 배 아래로 겨우 삐져나온 남자의 뭉툭한 다리가 개헤엄처럼 바들바들, 떤다. 망사 스타킹이 남자의 다리에 밀리면서 남자도 여자도 허벅지 안쪽이 자꾸 쓸린다. 남자의 움직임이 멈춰지지 않으면 그 안쪽의 여린 살에서 피가 날지도 모를 일. 그 쓰라림은 지워지지 않는 붉은 흉터가 될 것이다. 이제 그만 남자를 멈추게 해야 할 텐데.

여자는 별장을 다녀온 후 며칠을 앓았다. 혹독한 아픔이 여자의 이곳저곳을 할퀴었다. 방송 스케줄을 수정해야 할 만큼 운신이 어려웠다. 하루에 내과와 정신과와 산부인과를 번갈아가며 병원을 드나들었다. 그런 일상은 여자를 지치게 했다. 남자는 거의 매일 전화를 해 여자의 안부를 물었다. 그 안부의 내부는 텅 비어 있었다. 어느 날부터는 남자의 전화를 받지 않았다. 집 인터폰이 울릴 때도 있었다. 여자는 문을 열어 주지 않았다. 그러기를 며칠, 남자는 더 이상 기척을 내지 않았다.

그날 그곳에는 아무도 없었으므로 남자는 멈춰지지 않았다. 불행하게도 여자의 흰 살에 붉은 자국이 깊게 남았다. 여자는 그 자국을 망연히 들여다봤다.

남자와 별장에서 밤을 보낸 다음 날, 여자는 남자의 차에 실려 서울로 돌아왔다. 오는 길에 남자는 자주자주 차를 세워야 했다. 여자의 구토 때문이었다. 크레이지 튜나스테이크가 여자 입에서 죽처럼 흘러나왔다. 고속도로 가에 서서 여자는 뱃속에 든 모든 걸 게워 냈다. 게워 낼 게 없어지자 묽은 액이 올라왔다. 텅 빈 공간에서 공명음이 목을 뚫고 올라올 때까지 여자는 게우고 또 게웠다.

몸이 완쾌되자 여자는 남자의 카드를 잘라 버렸다. 집 안의 모든 걸 남자가 오기 전으로 되돌렸다. 남자가 썼던 물건들을 말끔히 내다 버렸다. 그리고 남자에게 전화를 해 저녁 초대를 하고 싶다며 언제가 좋을지 물었다. 남자는 수요일이 좋다며 흔쾌히 저녁 초대에 응했다. 여자는 멋진 요리를 준비할 생각이었다.

수요일. 오전 방송을 끝낸 여자는 차를 몰아 농수산물 시장으로 갔다. 지방에서 막 올라 온 채낚시 고등어 두 마리를 샀다. 근처 시장을 돌아 요리에 필요한 재료들을 꼼꼼히 챙겨 담았다. 그중에는 보리쌀도 감자도 얼갈이배추도 있었다.

집으로 돌아온 여자는 기억을 더듬으며 고등어탕을 끓이

기 시작했다. 통통통통! 엄마 흉내를 내며 칼날로 고등어를 몸째 짓이겼다. 그러다 문득 생각났다는 듯 칼날 뒤편의 무딘 부분으로 풀어진 고등어 살들을 정리해 오므렸다. 얼갈이 배추를 살짝 데쳐 된장과 잘게 썬 풋고추와 다진 마늘을 넣고 오물조물 무쳐 두었다. 된장이 풀린 육수가 끓자 여자는 기억의 순서를 따라 고등어탕을 끓였다. 구수한 고등어탕이 완성될 즈음, 감자를 넣은 보리밥도 다 됐다는 소리를 냈다. 여자의 얼굴이 화사하게 피어났다.

얼마 후 남자에게서 전화가 왔다. 곧 도착하겠다고 했다. 여자는 식탁에 수저를 놓고 밥상을 차렸다. 남자가 도착하자 여자는 예전과 같이 남자를 반갑게 맞이했다.

"갑자기 저녁 초대를 다 하고……. 오래 살고 볼 일이야?"

"꼭 보여 주고 싶은 요리가 있어서. 먹어 봐. 정말 맛있을 거야."

"오, 그래?"

남자가 궁금하다는 얼굴로 식탁에 앉았다. 남자가 앉자 여자는 밥솥을 열어 감자를 살살 으깨어 보리밥과 섞었다. 감자보리밥에서 그 옛날의 푸근한 냄새가 올라왔다. 여자는 그 냄새를 깊게 호흡했다. 여자의 입가에 흐뭇한 미소가 번졌다. 여자는 밥공기에 감자보리밥을 알맞게 담아 쟁반에 얹었다. 준비해 놓은 뚝배기에 고등어탕을 보기 좋게 담아 밥과 나란히 차려 들었다. 그것을 남자 앞에 내려놓으며 또박또박 말을 했다.

"요 · 리 · 왔 · 어 · 요."

가까운
곳

또 그 냄새다. 한동안 잠잠했었는데. 불길한 기류처럼, 산을 내려오는 저녁 안개처럼, 언제부턴가 냄새는 산기슭을 맴돌다 사방으로 흐른다. 이곳 사람들은 그 냄새가 죽은 멧돼지 무리일 거라 생각한다. 그것 말고는 추측이 불가능했다. 가끔 멧돼지들이 마을을 내려왔으니까.

냄새가 마을을 흐르기 시작하면 강씨는 마을 사람들에게 산 위에 또 멧돼지가 죽었다고 말했다. 그 말을 하러 일부러 마을을 내려오는 것 같았다. 마을 사람들은 강씨 말을 믿었다. 누구에게나 친절했고 마을 일을 잘 했으므로 그건 당연한 일이었다. 그의 선한 눈 또한 그랬다. 그랬으므로 누구도 산을 올라 그 진원을 확인하지 않았다. 냄새가 맴돌면 마을 사람들은 며칠 코를 싸쥐고 툴툴거릴 뿐이었다. 언제부턴가 유 사장도 그랬다. 유 사장은 마을 사람들과 달리 강씨 축사의 비위생성을 의심하던 사람이었다.

상자 묶음과 붉은 노끈 한 타래를 들고 공방 앞마당에 나온 유 사장은 킁킁대며 인상을 찡그린다. 마 빨리 썩어뿌야 개안을 낀데. 손에 든 것을 공방 앞마당 평상에 내려놓으며 중얼거린다. 바지 주머니에서 휴대전화를 꺼낸다.

"강씨! 왔다! 와서 갖고 가!"

유 사장은 자신의 말만 후딱 하고 전화를 끊는다. 얼굴을 찌푸린 채 저 멀리 산자락을 올려다본다. 산자락 바로 아래 강씨 집이 보인다. 오랜 움막처럼 강씨 집은 낡았다. 낡은 집 마당에 승용차 한 대가 들어와 있다. 오는 사람 없더만. 손님이 왔나? 유 사장 고개가 갸웃이 기운다. 강씨는 금세 공방으로 뛰어 내려올 것이다. 금순이처럼. 금순은 강씨가 집 안에서 키우는 유일한 반려견이다.

강씨는 개를 키우며 산다. 수십 마리 개들이 산 밑 둔덕의 녹슨 철창 안에서 으르렁거린다. 강씨가 유일하게 팔지 않는 개가 금순이다. 개도 주인을 닮는다더니. 강씨도 금순도 희고 예쁘다. 다리도 여자처럼 가늘고 길다. 간혹 억지스런 생각이 들 때도 있다. 금순을 강씨가 낳은 게 아닐까, 하는.

상자 묶음과 붉은 노끈 타래를 내려다보며 유 사장은 담배를 문다. 강씨 몫은 그리 많지 않다. 늘 양이 많지 않아 유 사장이 주문을 할 때면 같이 한다. 유 사장은 강씨가 왜 상자와 붉은 노끈이 필요한지 알 수 없다. 언젠가 어디에 쓸 거냐고

물은 적이 있었다. 축사에 이런 게 왜 필요 없겠어요? 딱히 어디에 쓴다는 말은 없었다. 유 사장은 그런가 보다 했다.

강씨가 공방 마당으로 달려 들어온다. 금순을 안고서다. 웃는 얼굴이 맑다. 하얀 얼굴에 커다란 눈을 가진 강씨가 저렇게 웃을 때면 유 사장은 착각을 할 때가 가끔 있다. 저게 저게 여자여 남자여?

"형님, 얼마예요?"

목소리로 봐 남자인 건 분명했다.

"사만팔천육백 원인데 사만팔천 원만 줘. 근데 강 사장아, 저 위서 또 몇 마리 죽었는 갑다. 그자? 냄새 거거 고약하네."

"그러게요. 어젯밤에 친구들이 놀러 왔는데 냄새난다고 난리더라고요."

강씨는 코 밑을 쓱 문지른다. 한 손에 상자묶음과 붉은 노끈을 들고 금순을 오른팔로 싸안는다.

"사라지겠죠, 뭐. 갑니다!"

늘 유쾌한 강씨. 유 사장에게 더없이 곱게 군다. 그럴 수밖에 없다. 강씨가 지금의 집에서 개를 키우게 된 건 유 사장 덕분이다.

유 사장이 강씨를 알게 된 건 박 사장이 불러낸 술집에서였다. 그날은 비가 오는 저녁이라 산을 내려가기가 싫었다. 박 사장은 꼭 만나 볼 사람이 있다며 두 번이나 전화를 했다. 마지못해 산을 내려갔다. 읍내 술집에서 강씨를 처음 봤다. 유난히 흰 얼굴 때문이었을까. 많이 배운 사람 같았다. 유 사장은 남자가 도시에서 왔을 거라 생각했다. 유 사장은 눈짓으로 박 사장에게 누구냐고 물었다. 박 사장은 기다렸다는 듯 목소리를 높였다. 오랜 친분이 있는 사람마냥 박 사장은 남자의 속사정을 늘어놓았다. 말 사이사이 각주처럼 그의 인간됨도 덧붙였다. 유 사장은 그런 박 사장이 의아했다. 얘가 언제 이런 사람도 알았대? 남자 또한 박 사장 말이 끝날 때까지 숫기 없는 소년처럼 자주 얼굴을 붉혔다. 유 사장은 남자를 힐끔 곁눈질했다. 나잇살이나 먹은 사람이 참 별스럽네, 싶었다.

"그래서 행님! 이 사람이 생각한 일이 좀 있는데 여서 해 볼라카네요. 행님이 좀 도와주소. 행님밖에 없다아이요. 돈 벌라고 처자식 두고 혼자 왔다 카구만."

박 사장 말에 따르면 남자의 속사정은 절박했다. 그러나 정작 남자는 절박해 보이지 않았다. 뭐가 그렇게 수줍은지 검지로 코밑을 문지르며 자꾸 헤프게 웃었다. 하얀 얼굴과 크고 검은 눈이 불빛에 반짝였다. 박 사장의 말이 뜸해지자 남자가 겨우 한마디 했다.

"열심히 해 보겠습니다."

낯간지러운 서울말이었다.

"고향은 어딘교?"

"경기돕니다."

"경기도에서 우째 여기까지. 그래 박 사장하고 어떤 관곈데?"

"친구의 친구거든요."

남자는 개를 키우고 싶다고 했다. 그럴 만한 장소를 찾고 있다고 했다. 남자는 공방 근처의 산자락을 들먹였다. 개를 키우기에 그만한 곳이 없다고 했다. 그곳의 버려진 창고를 개조해 거처를 마련하고 그 옆 둔덕으로 개장을 치고 싶다고 했다. 남자는 땅과 창고가 유 사장 것임을 이미 알고 있었다. 임대료를 충분히 내겠다고 했다. 그곳은 마을에서 아주 가까운 곳이었으나 사람들이 잘 가지 않았다. 사람들이 갈 만한 이유를 갖고 있지도 않았다.

유 사장의 허락이 떨어지기 무섭게 강씨는 창고를 개조하고 붉은 철창을 쳤다. 파란 포트 트럭을 구입해 어린 개들을 사들였다. 철창에 갇힌 어린 개들은 무럭무럭 자랐다. 개들이 살집이 올라 사나운 송곳니를 드러낼 때면 강씨는 그것들을 트럭에 싣고 산 아래로 내려갔다. 그런 날 트럭은 저녁이 되어서야 산을 올라왔다. 그곳엔 어린 개들이 오종종 실려 있었다. 새로 실려 온 어린 개들은 강씨의 검붉은 철창에 갇혔다.

개 짖는 소리가 시끄러워도 숲엔 달고 시원한 바람이 불었다. 새들이 울고 초록 잎들이 평화로웠다. 가끔 흘러드는 고약한 냄새만이 평화로운 초록을 훼방 놓았다. 그것만 아니라면 산 아래 마을은 평온한 일상이었다. 아이들은 아침 일찍 학교엘 갔고 학교 차임벨은 제때 제때 울렸으며 그 차임벨 소리에 맞추어 공부를 하고 집으로 돌아왔다. 유독 한 계집애만이 차임벨 소리를 무시했다. 수업 시간임에도 한낮의 교문을 마음대로 들락거렸다. 그때마다 옷차림이 요란했다. 무심한 마을 사람들도 언제부턴가 그 계집애가 누군지 알게 되었다. 요란한 옷차림 때문이었다. 그러나 그건 마을 사람들에게 중요하지 않았다.

공방에서 올라온 강씨가 허겁지겁 집으로 들어선다. 들고 온 상자 묶음과 붉은 노끈을 창고로 쓰는 아래 칸에 내던진다. 하얀 금순을 친구들이 잠든 방에 내려놓으며 소리친다.

"야야! 일어나라! 밥 먹자. 밥 먹고 볼 게 있거든. 보면 옛날 우리 생각날 거다."

강씨 목소리가 드높다. 좋은 일을 앞둔 사람처럼 들뜬 모습이다.

들뜬 강씨는 밥을 먹자마자 친구들을 밖으로 내몬다. 먹은 밥상도 그대로 둔 채다.

산을 오르는 강씨의 발걸음은 빨랐다. 땅속에 먹이를 숨겨 둔 짐승처럼 산을 오르는 게 아니라 파고드는 것 같았다. 멀찍이, 그 뒤를 따르는 친구들의 얼굴이 마구 구겨졌다. 더욱이 산을 오를수록 냄새는 고약해졌으므로 친구들은 혀를 찼다.

"이 새끼가 여자라도 숨겨 놓은 거야 뭐야. 왜 자꾸 올라가!"

얼마를 올랐을까. 강씨가 걸음을 멈춘다. 걸음을 멈춘 곳은 봉분 같은 어떤 더미 앞이었다. 더미엔 파란 천막이 덮여 있다. 강씨는 그 앞에서 심호흡을 한다. 숨을 몰아쉬는 강씨의 흰 얼굴에 화색이 돈다. 친구들이 보는 데서 강씨는 단번에 천막을 걷어 낸다. 천막에 덮인 것들은 개들이다. 목과 다리가 잘린 죽은 개들이 피범벅이 되어 엉겨 있다. 피들이 오래된 선지처럼 검붉다. 엉덩이 쪽 뒷다리 부분에는 여러 군데의 칼자국이 난도질처럼 엇갈려 있다. 뎅강 잘린 대가리에서 희멀건 눈이 썩어 들고, 그것들을 담아 싸맨 붉은 노끈과 헤진 상자가 널브러져 있다. 헤진 틈으로 비어져 나온 건 개의 다리다. 참혹했다. 개들의 주검더미 위로 냄새가 오골 오골 진동한다.

"야, 옛날 생각나지? 학교 갔다가 오면서 어느 집 개 풀어 와서 죽였던 거. 그때처럼 해 봤다야. 니들 보여 주려고."

코를 싸 쥔 친구들이 얼굴을 찡그린다. 친구들은 못 볼 걸

본 사람처럼 허둥지둥 몸을 돌린다. 잰걸음을 치며 온 길을 바삐 내려간다. 내려가면서도 허리를 굽혀 헛구역질을 한다. 강씨는 친구들이 달아나는 것에 아랑곳하지 않는다. 심각한 얼굴로 죽은 개들을 내려다보고 있다. 엄숙하면서도 그윽한 눈빛이다. 커다란 눈이 아침 햇볕을 받아 반짝인다. 얼마 후, 강씨는 이상한 몸짓을 하며 신음 소리를 낸다. 그건 절정에 오른 남자가 사정을 할 때면 내는 전율의 소리다. 친구들은 산을 내려오면서 그 소리를 들었다. 소리는 제법 오래도록 이어졌다.

"미친 새끼! 아직도 그 짓이야."

한 친구가 침을 탁 뱉으며 욕을 했다.

산자락 아래 집들은 몇 되지 않았다. 그들은 강씨가 개를 키워 파는 것으로만 알고 있었다. 사업에 실패한 젊은 사람이 이곳까지 와서 개를 키우며 사는 것을 두고 오죽하면, 하고 안타까워했다. 그들은 강씨 집을 가 본 적이 없었다. 아니, 강씨 자신이 사람들을 집으로 들이지 않았다. 사람들에게 놀러 오라는 말은 했다. 그러나 막상 가려 들면 이런저런 이유를 대며 다음에, 다음에 오라고 했다. 가까이 사는 유 사장도 강씨 집을 가지 않았다. 강씨가 자주 유 사장 집을 드나들었으므로 그럴 틈도 없었다.

산에서 내려온 친구들은 바삐 짐을 챙긴다. 강씨를 보지도 않고 달아날 모양이다. 얼마 안 있어 강씨가 집을 들어선다.

"왜? 가려고? 더 놀다 가. 한잔 더 해야지."

아무 일 없었다는 듯 태연하다.

"야, 너 그 짓 하러 여기까지 내려왔냐? 그래서 개 키우는 거야? 지금도 그러면 어떡해. 이 미친 새꺄!"

친구 중 하나가 눈에 힘을 주며 대든다.

"우리 저러고 놀았잖아. 간만에 귀한 거 보여 줬더니."

"그러지 마라. 다 커서까지. 우린 간다."

강씨는 친구 말을 귀 담아 듣지 않는다. 애써 잡지도 않았다. 친구들은 승용차에 오를 때까지 연신 침을 뱉어 댄다. 승용차가 풀풀 먼지를 날리며 성마르게 사라진다. 그 소리에 철창 안의 개들이 사납게 짖는다. 강씨의 흰 얼굴이 묘한 웃음과 함께 깊게 떨린다.

친구의 승용차가 길 아래로 완전히 사라지는 걸 바라보다 강씨는 방으로 들어온다. 누웠다 일어났다를 반복한다. 몸과 마음이 들쑤셔 놓은 불처럼 진정되지 않는다. 잔뇨 같은 감정이 몸속을 소용돌이친다. 목구멍이 뜨거워지고 얼굴이 화끈거린다. 그때 방 안을 맴도는 금순이 눈에 띈다. 창으로 들어오는 아침 햇살에 금순의 하얀 털이 눈부시다. 하얀 털이 선홍으로 물드는 모습이 눈앞에 아른거린다. 순백의 흰 털이라 느낌은 더 좋을 것이다. 강씨의 오른 팔이 부르르 떨린다.

처음 그때처럼.

엄마가 집을 나간 해였다. 아버지의 이유 없는 구타가 연일 계속되던 여름이었다. 동네를 돌아다니는 똥개를 친구들과 뒷산으로 끌고 갔다. 누가 처음 그런 말을 했는지는 알 수 없었다. 막상 개 줄을 바싹 잡아당기자 주머니에서 과도를 꺼낸 건 창식이었다. 창식은 아버지가 누군지 모르는 아이였다. 겁먹은 얼굴이었으나 모두들 장난이라 생각했다. 그러나 일은 장난처럼 끝나지 않았다. 창식이 과도로 정확히 개의 목젖을 찌르는 순간이었다. 퍽. 피가 솟구쳐 올랐다. 아주 붉은 피였다. 아이들 모두 찔끔 눈을 감았다. 그런데 이상했다. 어린 강씨 몸으로 강렬한 전류가 흘렀다. 그 전류를 타고 어린 강씨 몸 안에서 뭔가가 뭉텅 빠져나갔다. 부르르 몸을 떨었다. 그건 쾌감이었다. 쾌감은 높은 전압처럼 강렬했다. 강렬함을 잊지 못해서였을까. 그 후로 어린 강씨는 친구들과 몇 차례 더 그런 짓을 했다. 언제부턴가는 혼자 칼을 품고 마을을 어슬렁거렸다. 마을을 돌아다니는 개든, 어느 집 마당을 지키는 개든, 친구들 없이도 뒷산 깊숙한 곳에서 혼자 개의 목을 땄다. 그러고 나면 이상하게도 몸과 마음이 개운해졌다. 불기둥 같은 분노가 사라지고 깊고 평화로운 고요가 찾아왔다. 그 기운으로 한 며칠을 강씨는 순한 아이로 살았다. 그 기운이 가시고 나면 강씨는 다시 개들을 찾아 헤맸다. 그건 일종의 중독이었다.

그때가 떠오르자 강씨는 금순에게서 눈을 뗀다. 그래도 금순은 아직 아니다. 그 무엇도 없을 때, 그래서 마지막이라고 생각될 때, 그때 금순이 되어야 한다고 생각한다. 강씨는 이글대는 가슴속 불길을 다독인다. 그때서야 저 아래 공방의 소란스러움이 들린다. 소란스러움이 성가시다는 듯 철창 안의 개들이 짖다 말다를 반복한다. 또 아이들이 왔는가 보다고 강씨는 유 사장의 공방으로 발길을 돌린다.

공방은 읍내 중학교에서 체험활동을 하러 온 학생들로 붐볐다. 강씨는 공방 안을 힐끔 들여다본다. 여느 날과 달리 공방 안은 꽉 찼다. 유 사장은 학생들을 향해 뭔가를 열심히 설명한다. 강씨는 시선을 옮겨 누군가를 찾는다. 공방 뒷문에서 불안하게 서성이는 계집애 하나. 먼 곳을 헤매지 않아도 계집애는 한눈에 강씨에게 잡혀 든다. 요란한 옷 때문이다. 계집애를 보자 좀 전 열기가 다시 번져 오른다. 한눈에도 계집애는 만지면 터질 듯 바짝 물이 올라 있다. 몸의 실루엣을 그대로 드러낸 탱크 탑이 계집애의 젖가슴을 돋우어 올렸다. 강씨 얼굴이 심하게 일그러지며 떨린다. 한입에 터트려도 될 것 같다. 터트리고 분질러 붉은 진액이 툭툭 떨어지는 걸 보고 싶다. 흰 얼굴에 강씨 특유의 웃음이 번진다. 그때 출입문 쪽에 앉아 있던 여자 하나가 강씨를 올려다본다. 강씨는 그 여자가 가끔 애들을 인솔해 이곳으로 오는 교사임을 알고 있다. 오늘따라 여자의 얼굴에 그늘이 짙다. 강씨는 여자가 보기와는 달리 젊었을 거라 생각한다.

강씨는 공방 출입문에서 벗어나 앞마당으로 나온다. 마당 귀퉁이 등나무 밑 평상에 앉는다. 그때였다. 다급한 신호처럼 또각또각 구두소리가 난다. 그리고 계집애 하나가 공방 뒤에서 달려 나온다. 그 계집애다. 빨간 미니가 찢어질 듯 짧다. 망사 스타킹에 가려진 허벅지에 힘이 잔뜩 실렸다. 계집애는 다급히 마당을 가로질러 대문을 향해 달린다. 그리고 이내 사라진다. 또각! 또각! 또각! 또각! 구두소리가 맑은 가을 하늘로 낭자하게 울려 퍼진다. 그 소리를 따라 멀리 강씨의 철창에서 개들이 짖는다. 놀란 듯 여자가 공방 안에서 튀어나온다. 방금 달아난 계집애를 찾는 듯하다. 허둥지둥 사방을 휘두른다. 그러나 여자 눈에 계집애는 없다. 여자는 계집애처럼 대문을 향해 뛴다. 대문 밖을 나서더니 눈을 가늘게 뜨고 길 아래를 굽어본다. 잠시 후, 여자가 자신의 먼 시선을 거두고 그 길을 내달린다. 또각! 또각! 또각! 또각! 투명하게 울려 퍼지는 구두소리는 하늘로 타전되는 모스부호 같다.

"이지은! 이지은!"

여자 목소리가 멀리 길 아래서 들려온다. 그때서야 강씨는 달아 난 계집애가 이지은이라는 것을 안다. 강씨는 혀를 돌려 마른 입안을 적신다. 꿀꺽 침을 삼킨다. 침은 진하고 달게 목젖을 넘어간다.

하릴없이 움막으로 올라온 강씨는 방 안에 누워 하루를 보낸다. 사라진 계집애 생각이 떠나질 않는다. 아니, 계집애가 강씨의 머리에 달라붙어 꼼짝을 않았다.

저녁이 오고 어둠과 함께 비가 내린다. 빗방울 듣는 소리가 경쾌하다. 방 안에 누운 강씨는 산 위의 죽은 개들을 생각한다. 동시에 계집애도 떠오른다. 입가가 묘하게 일그러지며 미소가 번진다. 하얀 털의 금순이 강씨 주위를 다닥다닥 맴돈다. 금순과 달리 한곳을 응시한 강씨의 시선은 좀체 움직이질 않는다. 깊고 골똘하다. 가끔 하얀 미간이 파르르 떨린다. 그때 휴대전화가 울린다. 박 사장이다.

"비 오는데 뭐 하노? 나와! 애들 나올 끼다. 아이고 이것들이 을매나 야들야들한지."

강씨는 한껏 멋을 부린다.

비가 왔을 뿐 이른 저녁이다. 실내로 들어서자마자 빠른 리듬의 음악은 굉음에 가깝다. 굉음은 머릿속을 파고들어 모든 감각을 마비시킬 것 같다. 저 멀리서 박 사장이 강씨를 향해 손을 흔든다. 클럽의 손님이라고는 박 사장 일행이 전부다. 소읍이라 손님이 많지 않다. 사람이 없는 중앙 무대로 조명과 음악이 어지럽게 뒤섞인다. 헛도는 색색의 조명들이 홀의 빈자리들을 어지럽게 더듬는다. 조명이 깊숙이 파고든 그곳에 박 사장과 세 명의 여자가 있다. 강씨는 난사하는 빛들과 굉음을 뚫고 길을 찾는다. 천천히 그들에게로 다가간 강씨는 우뚝 걸음을 멈춘다. 뭔가를 잘못 본 듯 자신의 눈을 의심한다. 강씨는 두 눈에 힘을 준다. 잘못 본 게 아니다. 틀림없이 그 계집애다. 발정난 종아리에 부푼 힘을 돋우며 또각또각 달아나던 그 계집애. 손을 뻗으면 하얀 허벅지 안쪽이 금세 잡힐 듯 아슬아슬 위태로웠던 그 계집애가 박 사장 옆에 앉아 깔깔대고 있다. 박 사장 앞으로 그 또래의 어린애 둘이 더 앉아 있다. 계집애들은 벌써 취했다. 취한 목소리들이 시끄러운 음악을 뛰어넘으려 높이 솟구쳐 오른다. 유독 목소리가 큰 건 그 계집애다. 지은이라고 했던가. 이지은. 지은은 박 사장을 향해 끊임없이 쫑알댄다. 그런 지은을 박 사장은 흐뭇하게 바라본다.

다가오는 강씨를 먼저 본 건 박 사장이다. 박 사장의 시선이 강씨를 향하자 지은이 뚝 말을 멈춘다. 박 사장의 시선을 따라 강씨를 올려다본다. 순간, 누구냐는 듯 지은의 눈이 까칠하게 빛난다. 조명 빛이 현란하게 부서지는 어둠 속에 지은과 강씨의 눈이 마주친다. 강씨를 올려다보는 계집애의 눈빛은 강렬하다.

"누구? 예쁘게 생겼네?"

계집의 혀에서 말은 아양스레 꺾인다. 서울말이다. 강씨는 아양스런 그 혀를 오래도록 핥아 주고 싶다. 박 사장은 지은이 서울에서 문제를 일으켜 여기로 전학 온 '날나리'라고 한다. 외할머니와 함께 산다는 말도 잊지 않는다.

재킷을 벗어 던진 계집애의 몸은 생각보다 탐스럽다. 불룩한 젖가슴이 꽉 찬 물풍선처럼 출렁인다. 그 말랑한 출렁임이 손바닥을 타고 온몸으로 전해진다. 전율이 일면서 그곳으로 빠르게 힘이 고인다. 그 힘에 이끌려 강씨는 자신도 모르게 손을 내뻗을 것 같다. 계집애의 가슴을 움켜잡아 뭉개고 비틀 것 같다. 강씨는 자신의 빈주먹을 꽉 움켜쥔다. 동시에 강씨 시선이 계집애의 아랫도리로 향한다. 빨간 미니스커트가 위로 바싹 당겨 올라가 허벅지가 그대로 드러났다. 망사 스타킹 저 깊숙한 안쪽의 흰 팬티가 강씨 눈을 스친다. 순백이라 쾌감은 배가될 게 분명했다. 가슴이 쿵쾅거린다. 애써 단속했던 아침의 불길이 클럽 안 조명처럼 강씨를 휘감는다. 아직 금순이 아니어서 다행이라고 생각한다. 강씨는 점점 뜨거워진다. 다시 가슴 한가운데서 커다란 불기둥이 솟구친다.

강씨가 자리에 앉자 계집애들은 스테이지로 나간다. 나가면서부터 그들은 온몸을 흔들어 댄다. 조명 아래 이르자 그들 몸은 거침이 없다. 선착장에 부려진 아침 물고기마냥 사방으로 퍼덕인다. 그런 그들에게 내일은 없어 보인다. 있다 해도 의미 따윈 없을 것이다. 아무 생각도 담기지 않은 텅 빈 몸들이 미친 듯이 리듬을 탄다. 그 몸들에는 새벽 숲을 가르는 뱀의 관능만이 꿈틀거린다. 윤기가 흐른다. 유독 지은은 더했다. 허리가 휘어질 듯 꺾인다. 온몸으로 흐느적대는 지은은 안달을 한다. 어서 나를 만져 봐. 만져 보라고! 강씨는 넋을 빼고 지은만 바라본다. 당장이라도 달려가 계집을 낚아채고 싶다. 그리하여 은밀히 만찬을 즐기듯 계집애의 곱고 흰 살들을 발라내고 싶다. 그 고운 흰 살들을 발라내고 나면 아주 깊고 고요한 평화가 찾아올 것이다. 그러고 보니 제대로 된 고기 맛을 본 지도 오래다. 생각만으로도 강씨의 얼굴이 화사하게 피어난다. 흰 얼굴이 더 하얗다. 그 얼굴을 번쩍이는 조명이 요란하게 훑고 지나갔으나 그 밤, 아무도 그것을 눈치채지 못했다.

그것이 마지막이었다. 지은은 영영 학교에 나타나지 않았다. 정희가 지은을 마지막 본 건 체험 활동을 갔던 그 공방에서였다. 결석 일수가 71일이 넘자 담임인 정희는 '유예'로 지은의 학적을 정리했다. 간단했다. 업무관리시스템에 접속해 클릭 세 번이면 끝나는 일이었다. 그것은 학칙이었으므로 어쩔 수 없었다. 정희는 지은의 엄마에게 전화를 했다. 알았어요. 예상했다는 듯 지은 엄마는 담담했다. 교장 발령을 코앞에 둔 교감은 안도의 한숨으로 지은의 유예를 반겼다. 그건 정희를 홀가분하게 했다. 지은을 두고 교감은 늘 정희를 들볶았다. 목을 죄던 쇠줄이 없어진 셈이었다.

그러나 그것은 며칠 가지 않았다. 남편의 부재에서 시작된 정희의 불안은 지은이 사라지고 나서 더욱 심해졌다. 밤마다 꾸는 어지러웠던 꿈은 정희를 나락으로 내몰았다. 이번엔 남편의 전화번호와 지은의 전화번화가 동시에 나타나 정희를 괴롭혔다.

작년, 부도난 공장을 시커먼 고철로 남겨 두고 남편은 잠적했다. 빚쟁이들이 벌떼처럼 정희에게로 달려들었다. 모른다고, 나는 모르는 일이라고 소리쳤다. 도시에서 먼, 낯선 이 소읍으로 내려온 것도 그들을 피해서였다. 어린 딸을 시누에게 맡기고서였다. 그들이 정희를 찾아 이곳까지 오기 전에 어서 남편을 찾아야 했다.

정희는 빨간 공중전화기 앞에서 또다시 절박해지고 있었다. 9를 눌러야 해. 삭정이 같은 정희의 마른 손가락은 9로 가지 않았다. 6으로 8로 끊임없이 휘어졌다. 정희는 온 힘을 다해 휘어지는 자신의 마른 손가락과 싸우고 있었다. 무참하도록 창백한 얼굴이었다. 꿈속에서도 정희는 진저리를 쳤다.

꿈을 깨고 나면 정희는 예전보다 더 기진맥진했다. 기진맥진한 몸은 좀체 잠들지 못했다. 그런 날은 하루 종일 편두통에 시달렸다. 머릿속이 안개 속처럼 몽롱했다. 인터넷으로 자신의 증세를 찾아봤다. 불안으로 인한 공황장애와 강박증이었다. 중증에 가까웠다. 인터넷이 전해 주는 자가 치료법은 나무랄 데가 없었다. 마음의 여유를 가져라. 스트레스를 받지 마라. 자기 자신을 직시하고 불안의 원인을 스스로 찾아 확인하라. 차를 세우고 어둠 속을 걸어 나와 자신의 차바퀴에 깔린 밤 짐승이 길고양이임을 확인하듯이. 이것으로도 어렵다면 정신과 전문의와 상의하라.

계절은 정희도 모르는 사이에 지나가고 있었다. 문득 고개를 드니 교정의 플라타너스 잎들이 누렇게 변하고 있었다. 그것들이 죄다 떨어져 내릴 때까지 정희는 꿈속에서 자신의 손가락과 매일 밤 싸우고 있었다.

어느 날 퇴근 무렵이었다. 유 사장이 체험활동수업 결과물을 싣고 배달을 왔다. 결과물이 두 상자나 되어서였을까. 혼자가 아니었다. 함께 온 이는 강씨였다. 정희는 무심하게 강씨를 바라봤다. 공방에서 봤던 그때처럼 남자가 참 곱다는 생각이 또 들었다. 언뜻 여자로도 볼 수 있겠다 싶었다. 그건 정희만의 생각이 아니었다. 교무실에 있던 모두가 강씨를 바라봤다. 아니, 모두의 시선이 저절로 강씨에게로 가 닿았는지도 모른다.

"무거운데 여기 내려놓으세요. 저번처럼 1층 행정실에 내려놓고 가셔도 되는데."

정희는 자리에서 일어나 상자를 내려놓을 곳으로 그들을 안내했다.

"이번 거는 두 박스나 돼나서 마 갖고 올라왔습니다. 다 잘 굽혔던데, 하나 없는 거 쌤도 아시지예? 그때 그 아는 도망가서 안 했다 아임미꺼."

정희의 편두통이 빠르게 정수리로 올라왔다. 이야기를 더 끌었다가는 그날 지은이 달아나던 정황까지 유 사장 입에서 튀어나올 것 같았다. 알았노라고, 이제 됐으니 그만 가셔도 된다고, 정희는 서둘러 그들을 내보냈다. 교무실을 나가기 전, 강씨가 흘끗 고개를 돌렸다. 표정 없는 흰 얼굴이 정희를 바라봤다. 먼저 계단을 내려가던 유 사장이 그런 강씨를 재촉했다.

두 개의 상자가 정희 자리 옆, 구석진 곳에 놓였다. 정희는 상자 둘을 물끄러미 바라보았다. 옆구리가 불룩한 누런 상자는 붉은 노끈으로 묶여 있었다. 그런데 어딘가 이상했다. 상자는 사과 상자인지 과자 상자인지 그 전적을 알 수 없었다. 공방 상호가 찍힌 것도 아니었다. 어떤 문구도 없이 그냥 누렇기만 했다. 말 없는 상자였다. 전에 가져온 것도 이 상자였나? 곰곰 생각해 보니 저번 상자도 그랬던 것 같았다. 정희는 새삼 상자가 이상하다는 생각을 했다.

그날 밤이었다. 정희는 꿈속에서 전화번호와 또 싸우고 있었다. 급기야는 마른 제 손가락을 분지를 것 같았다.

꿈을 깼을 때, 정희는 자신의 손가락을 꽉 쥐고 있었다. 날이 밝기도 전에 정수리 왼편 안쪽으로 불쾌한 전류가 몰려왔다. 벌써 편두통이 시작되고 있었다. 그것에서 달아나고 싶었다. 정희는 얼른 TV를 켰다.

TV를 켜자마자 화면은 멀겋게 끓고 있었다. 새벽이라 정규 방송은 이미 끝난 상태였다. 정희는 리모컨을 들고 채널을 돌렸다. 그중에 뉴스만을 전하는 케이블 채널에 화면을 고정시켰다. 정희는 아픈 머리를 누르며 오래도록 그 채널에 눈을 두었다.

보궐선거에 대한 소식이 길어지고 있었다. 머리가 더 지끈거렸다. 채널을 돌리려 리모컨 버튼을 누르려는 순간이었다. 여자 앵커 오른편 화면으로 뉴스 제목이 짧게 떠올랐다. '부천 살인 사건 신원 파악 어려워' 정희는 손을 멈추고 리모컨을 내려놓았다. 사건의 윤곽만을 말하던 여자 앵커는 살짝 눈살을 찌푸렸다. 떠넘기듯 사건을 취재한 기자를 호명했다. 화면이 바뀌면서 기자의 음성이 들렸다.

"경찰에 따르면 지난 1일 오후 5시 30분께 경기도 부천의 한 야산에서 발견된 여자 시신은 부패가 심하게 진행돼 국과수에서도 신원 파악이 어렵다고 합니다. 얼굴과 다리 일부가 이미 백골이 됐으며, 양 손가락과 발가락이 모두 절단돼 있어 수사에 난항을 겪고 있습니다. 부천과 안산의 엽기 살인 사건은 여러 부분에서 유사점이 발견돼 연쇄살인 가능성이 제기되고 있습니다. 하지만 경찰은 이번 두 사건을 별개의 것으로 보고 있으며 연쇄살인 사건이 아님을 분명히 했습니다. 근거로 안산에서 발견된 시신은 부천과는 달리 훼손된 신체 일부들이 각각 비닐에 싸여 상자들에 담겨져 있었으며 훼손된 신체 부위들이 붉은 노끈들로 묶여 있었다고 합니다."

화면은 곧바로 범인이 사용한 누런 상자와 붉은 노끈을 클로즈업 했다. 정희는 깜짝 놀랐다. 낮에 본, 말 없는 그 상자와 붉은 노끈이었다. 물론 그런 종류의 상자와 노끈은 전국 어디에나 있을 것이었다. 더욱이 이곳은 사건이 일어난 곳과 아주 먼 곳임에랴. 알면서도 정희는 화면 속 증거물들이 어두운 교무실 구석에 있을 그 상자와 노끈일 것 같았다. 어쩌면 그 상자 안에 사라진 지은이 정육점의 고기 덩어리처럼 비닐에 칭칭 감겨 있을지도 모를 일이었다. 시간이 흐를수록 그것은 확신에 가까웠다. 정희는 으스스 몸을 떨었다. TV를 껐다. 이불을 뒤집어쓰고 깊게 몸을 말았다. 목이 탈 것처럼 조갈이 났다. 식은땀이 나면서 사정없이 손이 떨렸다. 자신의 과민함을 탓하며 애써 스스로를 다독였다. 그러나 소용없었다. 정희는 하릴없이 떨리는 두 손을 꼭 쥐었다.

다음 날 정희는 일찍 학교에 갔다. 가자마자 두 개의 상자를 조용히 바라봤다. 그 안에 꼭 지은이 둘로 나누어져 담겨 있을 것 같았다. 그런 생각과 동시에 정희는 온몸의 피가 역류하는 소리를 들었다. 또다시 몸이 떨렸다. 차마 자신의 손으로 그것을 풀어 헤칠 수가 없었다. 뭉텅 잘려진 살덩이 하나가 그 속에서 툭 튀어 나올 것 같았다. 정희는 손으로 가슴을 누르며 호흡을 가다듬었다. 교무실 중앙에 있는 방송 시스템으로 가 2학년 각 반에 방송을 넣었다. 체험반 학생들을 교무실로 불러 내렸다. 방송이 끝나자마자 아이들은 속속 교무실로 모여들었다. 정희는 큰 커터 칼을 체험반 반장에게 내밀며 상자를 열어 보게 했다. 반장은 정희가 시키는 대로 칼로 붉은 노끈을 자르고 안을 열었다. 정희는 질끈 눈을 감았다.

상자 안의 물건은 신문지에 단단히 싸여 있었다. 정희는 눈을 뜨고 반장에게 신문지를 벗겨 보라 했다. 신문지를 벗겨 내자 손자국이 찍힌 도자기 컵들이 오종종 드러났다. 정희는 자신의 기대에 불응한 그것들이 너무도 반가웠다. 억눌렸던 숨이 그제야 숨통을 비집고 새어 나왔다.

겨울을 알리는 바람이 불어오기까지 소읍엔 아무 일도 일어나지 않았다. 일어난 일도 결과는 없었다. 지은은 그때까지도 오리무중이었다. 유 사장의 공방 근처를 이상 기류처럼 떠돌던 냄새는 언제부턴가 사라지고 없었다. 사람들은 뒷산에서 죽은 멧돼지 무리들이 이제 다 썩어서 흙이 되었나 보다고 생각했다. 그러나 생각은 생각일 뿐 어느 누구도 그것을 확인하러 산을 오르지 않았다. 냄새는 언제 또다시 마을을 내려올지 몰랐다. 냄새에 익숙해진 사람들도 있었다. 그들은 무심히, 아무렇지 않게 지나가면 될 일을 사람들이 호들갑을 떤다고 했다. 멧돼지 무리들은 자주자주 마을을 습격했으므로 마을 이장은 멧돼지들이 산에서 죽는 게 오히려 낫다고까지 했다.

어느 날, 정희는 아침 신문에서 경기도 부천 살인 사건의 범인이 잡혔다는 소식을 접했다. 50대 초반의 택시 운전 기사였다. 택시에 탄 여인이 도망간 아내와 닮았다는 게 살인의 이유였다. 죽은 여인은 도망간 범인의 아내와 아무 상관이 없었다. 하필 그 택시를 탄 게 죽을 죄였다. 부천 살인 사건의 범인은 안산의 살인 사건과는 아무 연관이 없다고 기사는 전했다. 안산의 범인이 잡힐 때까지 사람들은 또 불안에 떨어야 했다. 살인이 바이러스처럼 전국에 퍼지고 있었다. 정희는 신문을 접으면서 유 사장이 들고 온 누런 상자와 붉은 노끈을 떠올렸다. 그것은 쉬 정희를 놓아 주지 않았다. 밤마다 계속되는 꿈 또한 변함이 없었다. 이젠 두 사람의 번호가 섞이기도 했다. 누구의 것인지 알 수 없는 낯선 번호도 보였다. 어떤 것도 분명하지 않았다.

정희는 지은이 사라지던 그날을 다시 떠올렸다. 공방 뒷문으로 달아나는 것을 보자마자 자신이 앞마당으로 달려 나온 사실에 주목했다. 분명 앞마당에서 지은과 마주쳐야 했다. 그러나 지은은 없었다. 순식간이었다. 아무리 생각해도 그럴 수 없는 일이었다. 정희는 유 사장이 들고 왔던 말 없는 상자와 붉은 노끈에 자꾸 신경이 갔다. TV에서 본, 범인이 사용했던 것과 같은 것이었다. 생각할수록 그것은 확신에 가까웠다. 정희는 유 사장 공방이 의심스러워지기 시작했다. 유 사장이 그날 지은에게 자주 시선을 주던 것도 신경에 거슬렸다. 뒷문 어딘가에 통로가 있을 것 같았다. 아니고는 그렇게 증발하듯 사라질 순 없는 일이었다.

정희는 유 사장 공방에 가 보고 싶었다. 확인이 필요했다. 달리는 차를 세우고 어둠을 헤쳐 길 아래를 내려가야 할 때였다. 아마도 차바퀴에 깔려 죽은 밤 짐승은 내장이 터진 채로 도로를 붉게 물들이고 있음이 분명했다. 그게 고양이인지 오소리인지 두 눈으로 직접 보고 싶었다.

확인은 금세 이루어지지 않았다. 며칠을 망설이던 어느 날이었다. 퇴근길에 유 사장 공방으로 가는 버스에 몸을 실었다. 공방은 학교에서 그리 멀지 않았다.

초겨울의 해는 짧았다. 공방에 이르렀을 때는 마른 길에 어둠이 묽게 번지고 있었다. 정희는 마음을 단단히 먹었다. 뭔가를 발견하더라도 겁먹지 말자고, 침착하게 마을을 내려와서 신고하자고 다짐했다. 벌써 어떤 단서라도 발견한 듯 가슴이 쿵쾅거렸다.

공방 문은 닫혀 있었다. 정희는 천천히 공방 뒷문으로 향했다. 그때 멀리서 개들이 짖었다. 정희는 화들짝 놀라 우뚝 걸음을 멈추었다. 그러면서 별거 아니라고, 개 짖는 소리일 뿐이라고 스스로를 다독였다. 공방 뒤쪽으로 깊숙이 들어갔다. 뒷문 여기저기를 기웃거렸다. 공방 뒤란은 제법 넓었다. 뒤란에는 가파르고 높은 담벼락이 성처럼 둘러쳐져 있었다. 까마득했다. 사방은 막혀 있었으며 담벼락 아래는 커다란 장독들이 놓여 있어 접근조차 불가능했다. 그러므로 지은이 뒤란으로 달아날 만한 곳은 없었다. 정희는 뒤란에서 조심조심 앞마당으로 나왔다. 그때 옆 건물에서 유 사장이 슬리퍼를 끌며 마당으로 나왔다.

"어, 쌤 아인교? 우짠 일인교? 물건이 뭐 잘못 됐던교?"

유 사장은 음식을 입에 넣은 채 줄줄 말을 이었다.

"아닙니다. 그냥 한번 와 봤어요."

순간, 잘못을 들킨 아이마냥 정희의 얼굴이 붉어졌다.

"형님, 누군대?"

열린 문으로 남자의 목소리가 새어 나왔다. 남자는 고운 서울말을 쓰고 있었다. 얼마 후, 남자가 유 사장 뒤를 따라 문을 밀고 나왔다. 강씨였다.

"막걸리 한잔할란교? 하하! 남자들밖에 없스서 들어오시라는 말도 못 하겠고……."

유 사장의 말은 흐물거렸다. 정희는 사양했다. 서둘러 인사를 건네고 돌아섰다. 돌아서는 정희의 귀에 유 사장의 말이 들렸다.

"깜짝 놀랬네. 면사무소에서 사람 나온 줄 알았다 아이가. 니가 어제 저 위서 트럭 불 태웠다꼬. 근데, 트럭은 뭐 땜에 태웠다꼬?"

말은 낮고 은밀했다. 정희는 이들이 뭔가를 숨기고 있다는 생각이 들었다. 정희는 공방 대문을 나왔다. 자신이 직접 단서가 될 만한 뭔가를 찾아야 할 것 같았다. 그럴 수 있을 것 같았다. 인적이 드물어 그 뭔가는 허술하게 내버려졌을 수도 있다는 생각이 들었다. 정희는 공방 대문을 벗어나 왼쪽 길을 올라갔다. 저 멀리로 눈길을 던졌다. 산자락 바로 아래 건물 두 채가 보였다. 홍게 딱지를 엎어 놓은 듯 건물은 허름했다. 그곳에서 끊임없이 개 짖는 소리가 들려왔다. 정희는 그 소리를 따라 천천히 걸었다. 언제 나왔는지 강씨가 공방 앞 마당을 건너 대문 앞에 서 있었다. 겨울 초입의 어둠 속에 저

물녘 잔광이 산 아래를 비추었다. 잔광을 받으며 개 축사를 향해 걸어가는 정희를 강씨가 유심히 올려다보고 있었다. 강씨의 눈에 정희는 순백으로 아름다웠다. 순백이라 쾌감은 배가될 게 분명했다. 순도 높은 전류가 또 온몸을 타고 흘렀다. 새로 장만한 헹켈의 날렵한 은빛이 눈에 아른거렸다. 부르르 오른손이 떨렸다. 그때처럼, 강씨의 얼굴에 환한 웃음이 번졌다. 아직은 금순이 아니어서 얼마나 다행이냐고 강씨는 중얼거렸다.

작가의 말

아주 오래 전, 그러니까 시골 출신인 내가 도서관 열람실이란 곳을 처음 갔던 저 먼 오래 전, 나는 세상에 그렇게 많은 책들이 있다는 사실에 놀랐다. 저 책들을 언제 다 읽고 죽는데? 처음 든 생각은 그랬다. 내게 그건 불가능한 일 같았다. 그럼에도 나는 도서관 열람실을 자주 찾았다. 숨어 있기 좋은 방처럼 열람실 서가는 아늑했다. 어쩌면 숨기 위해 그곳을 자주 찾았는지도 모른다. 그러던 어느 날, 문득 이런 생각이 들었다. 살면서 저 장대한 책들 사이에 나는 내 이름으로 된 책 한 권이라도 꽂을 수 있을까? 그것 역시 불가능한 일 같았다. 밤하늘의 별처럼 까마득했다. 까마득했으므로 잊고 살았다.

소설을 쓰기 시작하면서 나는 그 꿈을 소환했다. 해 보자고, 세상의 책들을 다 읽지 못하더라도 죽기 전에 책 한 권 쓰는 일은 해보자고. 마흔을 한 해 앞둔 내게 나는 타이르듯 말했다. 할 수 있을 것 같았다.

할 수 있을 것 같았던 그 일은 할수록 요원했다. 요원할수록 간절했고 간절할수록 힘들었다. 소설 쓰기는 그야말로 밤하늘의 별이었다. 그러나 소설을 공부하면서 이 지상에 별보다 소중한 게 있다는 걸 알았다. 인간이었다. 헛산 마흔이었다.

나는 소설을 쓰면서 인간이 되어 가고 있었다. 내가 인간이 되어 가고 있었으므로 다른 인간들이 궁금해졌다. 인간들을 살피기 시작했다. 미처 보지 못한 인간들이 거기 있었다. 아니, 그들은 본래 거기 있었는데 내가 제대로 보지 못한 것뿐이었다. 볼수록 흥미로웠다. 인간이 이렇게나 흥미로운 대상인 줄을 몰랐다. 세상이 재미났고 재미난 그 얼개들에 집중했다. 모순과 부조리의 집합체였다. 갈피 없이 얽혀 있었고 어디가 시작이고 끝인지 알 수 없었다. 그게 나는 좋았다. 용감해졌고 용감은 지금껏 가 보지 못한 세계로 나를 이끌었다. 모순과 부조리가 실타래처럼 엉킨 곳일수록 내 호기심은

빛을 발했다. 덤벼들 듯 그곳을 찾아다녔고 즐거이 그들과 어울렸다.

내 소설은 그들과 나의 이야기다. 죽이고 싶을 만큼 미웠고 또 그만큼 연민스러웠다. 내가 딱하다고 생각될수록 나는 그들을 사랑했는지 모른다. 그랬으니 그 모진 말들을 내던졌지 않았겠는가. 나의 모진 말들에 상처 입었을 그대여! 아픈 나여! 미약하나마 이 소설집으로 사과의 말을 전한다. 부디 행복하시길.

2018년 11월

최시은

:: 수록작품 발표지면 ::

1. 그곳 — 2010년 진주가을문예 당선작
2. 잔지바르의 아이들 — 『작가와 사회』 2015년 봄호
3. 누에 — 『소설문학』 2014년 봄호
4. 환불 — 『이 계절의 좋은 소설』 2015년 봄호
5. 3미 활낙지 3/500 — 『무크지 짭』 2017년 5호
6. 요리 — 『도요무크지』 2017년 11호
7. 가까운 곳 — 『이 계절의 좋은 소설』 2017년 여름호

방마다 문이 열리고

초판 1쇄 발행 2018년 11월 30일

지은이 최시은
펴낸이 강수걸
편집장 권경옥
편집 정선재 윤은미 이은주 강나래
디자인 권문경 조은비
펴낸곳 산지니
등록 2005년 2월 7일 제333-3370000251002005000001호
주소 부산시 해운대구 수영강변대로 140 BCC 613호
전화 051-504-7070 | 팩스 051-507-7543
홈페이지 www.sanzinibook.com
전자우편 sanzini@sanzinibook.com
블로그 http://sanzinibook.tistory.com

ISBN 978-89-6545-571-4 03810

* 책값은 뒤표지에 있습니다.
* 이 도서의 국립중앙도서관 출판예정도서목록(CIP)은 서지정보유통지원시스템 홈페이지(http://seoji.nl.go.kr)와 국가자료공동목록시스템(http://www.nl.go.kr/kolisnet)에서 이용하실 수 있습니다.(CIP제어번호: CIP2018036972)
* 본 도서는 2018년 한국문화예술문화위원회, 부산광역시, 부산문화재단 지역문화예술특성화지원사업으로 지원을 받았습니다.

한국문화예술위원회 Arts Council Korea 부산광역시 PUSAN METROPOLITAN CITY 부산문화재단

:: 산지니 문학 ::

유산 박정선 장편소설
생각하는 사람들 정영선 장편소설 ***2018 요산김정한문학상 수상도서**
거기서 도란도란 이상섭 팩션소설집 ***2018 이주홍문학상 수상도서**
나는 장성택입니다 정광모 소설집
우리들, 킴 황은덕 소설집
명랑한 외출 김민혜 소설집 ***2018 한국문화예술위원회 문학나눔 선정도서**
유마도 강남주 장편소설 ***2018 대한출판문화협회 청소년도서**
폭식광대 권리 소설집
사할린 이규정 현장취재 장편소설(전3권)
내게 없는 미홍의 밝음 안지숙 소설집 ***2017 세종도서 우수문학도서**
가을의 유머 박정선 장편소설
쓰엉 서성란 장편소설
***2017 세종도서 문학나눔 선정도서 *2017 부산문화재단 우수도서 *2017 부산국제영화제 아시아필름마켓 북투필름 참가작 선정도서**
독일산 삼중바닥 프라이팬 오영이 소설집
고래그림비 유익서 소설집 ***2016 세종도서 우수문학도서**
토스쿠 정광모 장편소설 ***2016 세종도서 우수문학도서**
칼춤 김춘복 장편소설
진경산수 정형남 소설집
씽푸춘, 새벽 4시 조미형 소설집
아디오스 아툰 김득진 소설집
붉은 등, 닫힌 문, 출구 없음 김비 장편소설
내 안의 강물 김일지 소설집
끌 이병순 소설집 ***2015 부산작가상 수상도서 *2016 세종도서 우수문학도서**

레드 아일랜드 김유철 장편소설
*2015 부산국제영화제 아시아필름마켓 북투필름 참가작 선정도서

날짜변경선 유연희 소설집 *2015 세종도서 우수문학도서

다시 시작하는 끝 조갑상 소설집

조금씩 도둑 조명숙 소설집

번개와 천둥 - 소설 대암 이태준 이규정 장편소설 *2015 부산문화재단 우수도서

편지 정태규 창작집 *2015 세종도서 우수문학도서

고도경보 김헌일 항공소설집

청학에서 세석까지 정태규 소설집

이상한 과일 서정아 소설집

감꽃 떨어질 때 정형남 장편소설 *2014 세종도서 우수문학도서

만남의 방식 정인 소설집 *2015 백신애문학상 수상도서

목화 - 소설 문익점 표성흠 장편소설 *2014 세종도서 우수문학도서

치우 이규정 소설집 *2013 문화예술위원회 우수문학도서 *2014 이주홍문학상 수상도서

서비스, 서비스 이미욱 소설집

작화증 사내 정광모 소설집
*2013 문화예술위원회 우수문학도서 *2013 부산작가상 수상도서

장미화분 김현 소설집 *2013 문화예술위원회 우수문학도서

밤의 눈 조갑상 장편소설
*2013 문화예술위원회 우수문학도서 *2013 만해문학상 수상도서

즐거운 게임 박향 소설집
*2012 한국도서관협회 우수문학도서 *2012 부산작가상 수상도서

삼겹살 정형남 장편소설 *2012 문화체육관광부 우수교양도서

한산수첩 유익서 소설집
*2012 한국도서관협회 우수문학도서 *2012 성균관문학상 수상도서

댄싱맘 조명숙 소설집
*2012 한국도서관협회 우수문학도서 *2012 이주홍문학상 수상도서

1980 노재열 장편소설

불온한 식탁 나여경 소설집

***2011 한국도서관협회 우수문학도서 *2011 부산작가상 수상도서**

물의 시간 정영선 장편소설 ***한국문화예술위원회 문학창작지원 도서**

테하차피의 달 조갑상 소설집

***2010 문화체육관광부 우수교양도서 *2011 이주홍문학상 수상도서**

그는 바다로 갔다 문성수 소설집

부산을 쓴다 정태규 외 27인 지음 ***2009 부산시 원북원부산 후보 도서**

우리 집에 왜 왔니 - 처용아비 박명호 소설집

빛 김곰치 장편소설 ***2008 문화예술위원회 우수문학도서**

달콤쌉싸름한 초콜릿, 이야기 옥태권 소설집 ***2008 부산작가상 수상도서**

길 위에서 정태규 소설집 ***2008 이주홍문학상 수상도서**

마니석, 고요한 울림 페마체덴 지음 | 김미헌 옮김

빌헬름 텔 인 마닐라 아네테 훅 지음 | 서요성 옮김

화염의 탑 후루카와 가오루 지음 | 조정민 옮김

마르타 엘리자 오제슈코바 지음 | 장정렬 옮김

올가의 장례식날 생긴 일 모니카 마론 지음 | 정인모 옮김